PATMOSISCHE TAGE

Ulrike Weinhold

PATMOSISCHE TAGE

⁂

Nacherzählung

F & L

ZWIEGESPRÄCHE

Warum hier, ausgerechnet an diesem Ort? Was hat dieser Ort mit dieser, meiner Geschichte zu tun, außer dass sie sich einfach hier abspielte? An einem anderen Ort, beispielsweise auf einer anderen griechischen Insel, hätte es eine andere oder vielleicht überhaupt keine Geschichte gegeben. Nur Felsen, Wasser und Schatten werfende Büsche. Aber dann wäre ich wohl nicht dort gewesen.

Gewiss, diesen Ort habe ich mir auch selbst erzeugt. Orte werden erst zu Orten gemacht, wenn man gleichsam auf sie einredet, die eigenen Vorstellungen, augenblicklichen Empfindungen und jeweiligen Stimmungen in sie hineinlegt, in freudigem Erstaunen, dass sie wie von selbst antworten, obwohl es nur das eigene Echo zu sein scheint. Intensivstes Lauschen und Schauen, man könnte sogar die Steine zum Sprechen bringen. Aber beliebig sind solche Vorgänge nicht. So entstandene Orte, Lieblingsorte, vergisst man nicht mehr, gleichen sie doch zum Schluss der eigenen Herzstruktur. Herausbildung von Herzlandschaften, willig und heiter hat sich die Symbiose vollzogen. Die ›Symbiose‹, sage ich, weil sich alles zu einem lebendigen Ganzen zusammenschließt. Das Wort ›Konstruktion‹ würde einem gleich die Freude verderben.

Sicher, griechische Inseln, gerade auch die, auf der ich mich aufhielt, eignen sich vortrefflich dazu, alljährlich zu Beginn des Touristensommers aus Hoffnungen, Sehnsüchten und Glücksverheißungen kollektiver und individueller Art zu Stätten der Seligen umgewandelt zu werden, noch bevor man dort angekommen ist. Im Vorhinein brennt die schöne heiße Sonne schon im Gehirn und in der vorausgesetzten Venus-Qualität dieser Gefilde ist bereits potentielle Paarbildung vorgesehen. Aber genau dies geschieht dann auch: Wenn Aphrodite dort wie selbstverständlich dem Meer entsteigt und das Land betritt, ist niemand überrascht, auch wenn es gar nicht Aphrodite ist, sondern irgendjemand. Während der langen sonnigen Stunden wird sich bis zum Anbruch der Nacht schon alles finden. Was sich vor Ort ereignet, ist gut vorbereitet, scheint es, oder in Berührung gebracht, in Bewegung versetzt, der Ton, auf den sich alles einstimmen wird, ist festgelegt. Dem Zufall bleibt es überlassen, noch ein paar Details hinzuzufügen und unabsichtlich an der Verknüpfung von eben dieser Umgebung, diesen Umständen und diesen Personen mitzuwirken; dann zieht er sich zurück. Die Geschichte hat angefangen.

Warum überhaupt nach anderen Ursachen fragen, nach solchen, die ich nicht nur in mir selbst zu suchen brauche? Die zutiefst befremdliche Behauptung, dass alles nur selbst geschaffene Illusion, Projektion, Wunschdenken, oder wie immer es heißen mag, sei und um mich herum in Wirklichkeit nur der gleichgültige Gang der Dinge, leblose Materie eben – diese Behauptung muss falsch sein. Die Wellen dort, die einfach so vorübertreiben, die Sonne, die alles nur verbrennt, was sich ihr ungeschützt aussetzt, Steine, die mir nichts bedeuten können, und ansonsten bloß Wind: Solche Einseitigkeiten lasse ich mir nicht mehr einreden. Welch eine maßlos überschätzte Position der selbstbezogenen Einsamkeit, der Trennung von allem, welch eine rigide anerzogene Gewöhnung an stets wiederkehrende Enttäuschung, als ob meine ganze Freude an dieser prachtvollen Inselnatur gar nicht wahr sein dürfe und immerzu auf einem Fehler beruhe. Ich bestehe auf der einfachsten elementaren Tatsache, der ich alles verdanke: Unsere Sinne sind doch immer offen, durch sie zieht fortwährend das Außen in uns ein und von innen wirken wir hinaus, zum Atmen brauchen wir die Luft von draußen und dorthin geben wir sie wieder zurück. Austausch, innigstes grenzenloses Beziehungsgeflecht; einziehen, ausströmen, sich aufeinander abstimmen, einstimmen –

vorerst noch lautloser Gesang, aber immer schon Zusammenklang. Dass ich so rede, gehört mit dazu.

Unleugbar hat der Ort selbst auch etwas zu bieten, bietet etwas an. Sie liegt doch dort, die Insel in der tiefblauen Ägäis, jene schmale, zarte, die wie eingeschnürt wirkt, und das ersehnte Glück fängt an, wirklich zu werden beim Eintauchen des Körpers in das klare, warme Wasser und dem Dahinschwimmen im Sonnenlicht. Wenn ich mich schwimmend umdrehe und mich kurz mit den Füßen auf einem runden Stein am Grund abstütze, dann erstreckt sich vor mir genau jene kleine, friedliche Bucht am Nordrand der Insel, die ich immer wieder aufgesucht und in der ich mich so wohl gefühlt habe. Links befindet sich die im Frühsommer noch kaum besuchte Taverne unter den Tamarisken, zwei Kellner sitzen tief im Schatten an der Wand. Spätestens hier hat es angefangen. Der Zufall ist von flüchtiger Art, vielleicht ein Herbeiführer von Gelegenheiten, mit dem Übrigen – eben jener Verknotung von Ort, Zeit und ganz bestimmten Personen und ihrer Verdichtung zu jenen Situationen, die unauswischbare Spuren im Gedächtnis hinterlassen – dürfte er nichts mehr zu tun haben. Ein Kuss verdankt sich keinem Zufall. Vor Ort entwickelt sich eine Eigendynamik, nach deren Ursachen und Bedingungen zu fragen letztlich sinnlos ist, weil sie sich im Unentwirrbaren verlieren. Eine Art zauberisches Wirken hat begonnen und entfaltet einen Erlebnisraum. Lässt sich Bezauberung auf eigene Projektion zurückführen? Die Bezauberte erfährt dies nicht so.

Ich bekenne mich ausdrücklich dazu: Ich ziehe modernste naturwissenschaftliche Einsichten heran, will anders wahrnehmen, verstehen und leben lernen, und zwar möglichst frei von Spekulationen. Das Denken in Zufällen ist an sein Ende gekommen, beruht es doch ohnehin häufig auf Kurzsichtigkeit und

Unempfindlichkeit für irreguläre Zusammenhänge. Auch mit einfachen Kausalitäten – erst ich und dann notwendigerweise du, erst hier und dann notwendigerweise dort – ist nichts mehr auszurichten. Stattdessen scheint sich alle Wirklichkeit zufolge komplexester, feinster und noch völlig unbegriffener wechselseitiger Einwirkungen, Interdependenzen und Koinzidenzen zu entfalten, zwischen Menschen und Menschen, Menschen und Dingen, Innen und Außen.

Es war zu Anfang dieses Sommers an jenem späten Nachmittag, als das Boot pünktlich nach langer Fahrt die Anlegestelle erreichte. Dich, auf der Hafenseite, erblickte ich sofort, du trugst ein rotes Shirt und die Landungsbrücke war geradewegs auf dich gerichtet. Wenn man von erblühender Liebe sprechen darf, zumindest meinerseits, dann gerade in jener Badebucht am frühen Mittag des nächsten Tages, dort in der Taverne unter den Tamarisken, durch deren Zweige ein straffer Wind wehte, der zeitweise an Stärke noch zunahm. Warum hattest du dir gerade dann eine blaue Blume ins Haar gesteckt? Später dann unvermeidlich, weil er denn aufgeht, der schon unzählige Male bestaunte und unzählige Male benannte Mond – aber jetzt genau dieser, der orangerot und beinahe voll hinter jener Felswand heraufzog und eine Gruppe Menschen, unter ihnen auch uns beide, mit ganzer Kraft anstrahlte. Was hätten uns jene Augenblicke ohne jene Bäume, ohne jenen Mond und ohne jene Felswand gebracht? So aber war eine eigentümliche Entsprechung, ein wechselseitiges Resonieren entstanden, zwischen uns und dieser Umgebung, zwischen Innen und Außen, so und nicht anders. Eine Art Zwiegespräch, das kaum merklich irgendwann und irgendwie angefangen hatte, entspann sich nun ganz offen und war unüberhörbar geworden. Mit billigem romantischem Sentiment, das nur in sich selbst schwelgt, hat dies nichts zu tun. Die Erinnerung daran dauert zweifellos bis zur letzten Lebensstunde fort – Bilder, die, bis auf den Grund vollgesogen mit Leben, einzigartige Glücksmomente der Zugehörigkeit zu dieser Welt festhalten.

Die Quantentheorie kann den scharfen Gegensatz zwischen materiell vorhandener Welt, einem Außen, und dem Bewusstsein, einem Innen, nicht mehr entdecken. Was wir Realität oder physikalische Wirklichkeit nennen, geht aus intendierten Verbindungen unserer Wahrnehmungen und Denkweisen mit dieser Physis hervor, jenseits von wahr oder unwahr. Das Bewusstsein trifft Entscheidungen, so oder so wahrzunehmen und daraus diesen oder einen anderen Schluss zu ziehen, beglückt, dass aus der unendlichen Fülle der Möglichkeiten dessen, was immerzu sein könnte, ein Respons auf diese Entscheidungen erfolgt. Es verbindet sich so mit dem Außen, das Außen mit dem Innen, beide bilden eine dynamische Einheit im Wechsel von Fragen und Antworten. Auf subatomarem Niveau herrschen unfassbare energetische Aktivitäten und Zusammenhänge, die eher nicht substantieller Art sind, eher geistiger Natur. Dieses große Wort darf, wenngleich unter Vorbehalt, wieder ausgesprochen werden. Das Universum lässt, so viel ist gewiss, partizipatorische Gestaltung des Bewusstseins zu, lässt sich, behutsam gesagt, auf ein Gespräch ein – auch wenn es sich ohne uns, ohne unsere Teilnahme, vielleicht ganz anders verhält.

Was geschieht eigentlich bei fühlender Teilnahme, also im wahrsten Sinne Anteilnahme? Wenn ich mich freudig gestimmt durch die Landschaft bewege und sie wie meine griechische Insel, diesen schönen kleinen Fleck im Universum, lieben lerne? Ganz neue Fragen, bisher ungestellt.

Schreibend, mit geschärfter Aufmerksamkeit und, ich verhehle es nicht, mit einem versehrten, heftig pulsierenden und allseitig ausgreifenden Herzen wiederhole ich nun meine Reise. Das Gehirn sei grundsätzlich auf das Eingehen von Verbindungen, auf die Erfassung feinster und größter Zusammenhänge hin angelegt, habe ich kürzlich gelesen. Die Gefühle weisen ihm dabei die erste ausschlaggebende Richtung. Ich habe vieles nachzuholen und nachzuschreiben, was mir damals unbewusst geblieben ist.

Glück hat zweifellos etwas mit Beziehung, Entsprechung, kurz, mit Verbindung zu tun. Die gesamte physische Organisation des Menschen sei so beschaffen, dass sie immerzu Verknüpfungsmöglichkeiten erkunde und Verknüpfungen zustande bringen wolle. Warum dann die permanente Erziehung zur schmerzhaften Trennung, zum Unterschied und zum ewig wiederkehrenden Nein der Enttäuschung, weil wieder einmal etwas nicht zusammenführt? Als ob Glück nur ein Anhängsel von Unglück, ein flüchtiger, zufälliger Ausnahmezustand sei und im ganzen Universum kaum vorgesehen.

Über Glück zu schreiben, ist schwer. Wer hat sich schon in einem Glücksdiskurs geübt? Es lässt sich nicht durch Worte ersetzen wie Unglück, das man von sich abschreibt und das dann den traurig-dunklen Untergrund aller schönen, scheinbar tröstlichen Sprache bildet. Glück will Gegenwart, Glanz der Nähe. Muss es deswegen wortlos sein? Auch dies lasse ich mir nicht mehr einreden.

Einmal – soll ich es ein Wunder, mein Wunder, nennen? – entsprachen mir sogar die Gestirne:

Unterhalb der Venus, diesem hellen, schönen Planeten, der unserer Erde am nächsten und am ähnlichsten ist, wenngleich er furchtbar heiß sein soll, hatte ich mir auf Patmos, meiner Insel, die überdies der heiligste Ort Griechenlands ist, einen zusätzlichen kleinen Stern vorgestellt, auf Griechisch: einen *asteri*. Dies hatte ich mir, dachte ich, lediglich ausgedacht. *Asteri* hieß auch unser Hotel. Ein paar Tage später, am 26. Juni dieses Jahres, war diese Konstellation tatsächlich am prächtigen Abendhimmel zu sehen. Dafür gibt es eine Zeugin.

Eine Erklärung dafür habe ich nicht, den Zufall als Ursache akzeptieren kann ich nicht mehr.

Wenn ich mich in meiner Geschichte ›ich‹ nenne und mich mit mir über mich unterhalte, bin ich niemandem Rechenschaft schuldig, kann mit mir tun und lassen, was ich will, zum Beispiel mich selbst freundlich anreden und mich versuchsweise liebevoll ins Auge fassen. Wie soll ich denn in Kontakt mit meiner Umgebung kommen, wenn ich nicht Kontakt mit mir selbst suche? Ich brauche nicht mehr zu glauben, nachzureden und nachzuschreiben, dass das Ich längst abhandengekommen oder auseinandergefallen sei, bloß im Spiegelbildersatz zusammengehalten werde und nur ein Wort sein soll. Ich will nicht, vergeblich nach mir greifend, an einer kalten Fläche abgleiten, die mich mir gegenüberstellt, und ich will mich nicht bloß an einen Laut hängen müssen.

Wer ich bin, weiß ich nicht zu sagen. Das will ich auch nicht. Wer wäre ich denn schon, wenn ich mich in dieser weiten Welt klar auf einen Punkt bringen könnte? Doch nur ein ersonnenes vereinzeltes Ich, das in Gedanken, selbstzentriert, einen Kreis um sich gezogen hat und schnell verkümmern würde. Einfach umknicken, in sich zusammenfallen, abstürzen und ganz klein und unbemerkt irgendwo zugrunde gehen.

Ich bin ich, weil ich mich in diesem wundersamen Geflecht meiner Geschichte als einen Schnitt- und Knotenpunkt all jener unzähligen Beziehungen erfahren habe, von denen ich nur einige kenne. Gewiss ging auch einiges von mir aus, ich war mit im Spiel, aber das weiß ich von dem Rest nicht zu trennen; ›Rest‹ ist ein falsches Wort. Ich brauche mich überdies, um mich an diesem Ganzen erfreuen zu können, denn wie käme sonst die Freude zustande, dieses schöne Maß aller Dinge? Ich verliere mich auch nicht, keine Angst, sondern ich gewinne gerade an Sammlung durch jene Kräfte, die mir von überall her zufließen: von dem schönen Kieselstein, der mich am Strand von Lambi plötzlich angeblitzt hat, so dass ich ihn einsteckte; von den Ziegen, die von den Hügeln herab aufmerksam meine Wanderungen verfolgten, während die sanften Hunde schon bei der einzigartig friedlichen *Mönchswiese* auf mich warteten; von der dortigen kleinen Kapelle, die mir mehrmals bereitwillig geöffnet wurde, so dass der heilige Raum, wie und zu welchem Zweck auch immer, still auf mich einwirken konnte; von dem inbrünstigen geistlichen Gesang, der zur Mittagsstunde aus einem der weißen, verschlossenen Häuser von Chora ertönte, als ich gerade dort vorbeiging; von dem prachtvollen Mond natürlich, dem ich im Taxi entgegenfuhr, und von dir, wie du dich, gleichsam von unsichtbarer Hand geführt, immer, sei es rechts, sei es links von mir oder mir gegenüber, zu mir gesetzt hast und ich mich zu dir. Wortlos haben wir uns beide darüber gewundert. So war es, diese Beziehungen und all die anderen erfinde ich nicht, und schon gar nicht um ihrer ›Poesie‹ willen, verleugnen kann ich sie auch nicht, am allerwenigsten mich selbst; wir gehören zusammen.

Ich spreche nicht von Tatsachen – die könnten, sofern es sie überhaupt gibt, vielleicht auch ohne mich bestehen –, aber auch nicht von Fiktion. Ich will niemanden an meiner statt erfinden und mir unter anderem Namen einfach davonlaufen lassen, kein anderer als ich kann genau so und dann vor Ort gewesen sein. Auf diese Wahrheit, die durch mich geht, kommt es mir an. Höchstens denke ich mir ab und zu ein Bild aus, das mir eher als das Wörtchen ›ich‹ hilft, mich probeweise im Ungewohnten zu orientieren, oder mich verbirgt, wenn ich leide, aber das merkt man dann.

Und nun du.

Warum hast du mich ausbluten lassen, meine Liebe?
Ich habe dir meine Kehle hingehalten, aber zum Schluss hast du nicht einmal hingeblickt, das Blut kam auch so.
Ganz sanft lege ich jetzt mein Gesicht an deine Wange. Vielleicht, falls es wahr ist, dass du, wie du sagtest, aus großer Entfernung spürst, wenn jemand an dich denkt, merkst du es ja.

ENTSPRECHUNGEN

PATMOS

Livadi
Kalojiron
Panajia Livadiou /
›Mönchswiese‹
Lambi
Kambos
Livadi Jeranos
Meli
Skala
Chora
Grikos
Profitis
Ilias
Diakofti
Psili
Ammos
Ägäische See

Um 2.00 Uhr nachts werde ich vom Taxi zum Flughafen Düsseldorf abgeholt, um 6.05 Uhr soll die Maschine nach Kos (Griechenland) abfliegen. Ich sage dem Taxifahrer, dass ich zu müde bin, mitten in der Nacht mit ihm zu reden. Ihm ist es recht, schweigend fahren wir im Dunkeln weiter. In irgendeiner Kleinstadt, am Rande einer Siedlung, wo eine Haustürlampe brennt, werden noch zwei weitere Leute abgeholt, die hinten ins Taxi einsteigen. Auch von ihnen ist kaum ein Wort zu vernehmen, sie verstummen bald. Schnell nähern wir uns dann dem Flughafen und werden samt Gepäck ausgeladen. Die Leute, die hinten saßen, und ich verlieren uns sofort aus den Augen, vom Taxifahrer noch ein kurzer Abschiedsgruß. Dann Schlange stehen vor dem Schalter, die Abfertigung verläuft dennoch unerwartet zügig. Passkontrolle, Handgepäck- und Körpercheck, inzwischen ist es 5.00 Uhr morgens geworden. In einem Café auf dem Weg zum Gate trinke ich eine Tasse Tee, draußen ist es schon hell und man sieht durch eine große Glasscheibe ein paar in der Nähe geparkte Flugzeuge. Meine Flugangst scheint wie weggeblasen, ich wollte ihr auch dieses Mal keine Chance geben. Dieses Mal, endlich, soll der Aufbruch zu einer Reise dynamisch, ohne Zögern und Zagen verlaufen, mir ist, als könne ich mich jetzt, entschlossen, auch dem geringsten Zweifel zu wehren, fliegend über eine bislang unüberbrückbare Kluft hinwegkatapultieren lassen, die mich von ungeahnten Möglichkeiten trennt. Welche es sind, weiß ich nicht genau zu sagen, nur dass es um einen Sprung ins normalerweise Unwahrscheinliche geht, um etwas, das gemeinhin als Traum, Fantasie oder Illusion unerreichbar hinter den Horizont der Wirklichkeit verlegt und, so will mir scheinen, seltsam unerbittlich dort festgehalten wird. Ein unerklärliches Vorgefühl, dass ich nichtsdestotrotz jetzt dorthin gelangen werde, stimmt mich gänzlich ruhig. Ich vertraue auf einmal auf dieses moderne Zauberinstrument, eben das Flugzeug, das meine eigenen beschränkten Kräfte unendlich übersteigt. Zu Hause habe ich, bevor das Taxi kam, noch schnell meinen schönen türkischen Kelim umgedreht, dessen bisher vom Licht unbeschienene und nicht verblichene orange Unterseite nun inmitten meines Wohnzimmers leuchtet. Boarding-Call, wieder Schlange stehen, einer nach dem anderen einsteigen, die Türen werden verschlossen, das Flugzeug steht noch ein paar Minuten länger als vorgesehen still, dann fängt es an sich zu bewegen, wir rollen zur Startbahn, erreichen die Startposition und starten. Die Maschine hebt unaufhaltsam mit gewaltigem Schub ab.

Während des Flugs falle ich ab und zu in einen leichten Schlummer. Zwischendurch kurze Blicke durchs Fenster nach draußen, wo sich die Wolkendecke zunehmend auflöst und freundlich die Morgensonne scheint. Irgendwann setzt die Landung ein und kurz darauf sind wir wieder unten, auf der Insel Kos. Nach einigem Durcheinander bei der Gepäckausgabe, die schlecht organisiert verläuft, bin ich endlich draußen auf dem Vorplatz, wo ein schon ungeduldiger Taxifahrer auf mich wartet, der mich im Auftrag meines Reiseveranstalters quer über die Insel zum Hafen Kos-Stadt fahren soll. Von dort aus muss ich mit einem Tragflächenboot weiter zur Insel Patmos, meinem eigentlichen Reiseziel. Der Fahrer und ich können, weil er nur griechisch spricht und ich kaum, so gut wie nicht miteinander reden. Während der Fahrt, die ziemlich lang dauert, fällt mir nichts Interessantes auf, nichts erinnert mich an meinen vorigen kurzen Aufenthalt auf Kos vor mehr als zwanzig Jahren. Die Insel hat sich inzwischen zu einem Zentrum des Massentourismus entwickelt.

Der Fahrer setzt mich mit meinem Gepäck am Hafen ab und ist dann, nachdem ich kurz meine Reisetaschen sortiert habe und noch bevor ich mich mit »Goodbye!« verabschieden kann, schon wieder davongefahren und zu meinem Erstaunen verschwunden, als hätte ihn die Erde verschluckt. Wahrscheinlich hatte er es eilig und ist schon wieder zu anderen Kunden unterwegs. Wartezeit bis zur Abfahrt des Bootes noch gut zwei Stunden. Auf einer Restaurantterrasse bestelle ich etwas zu essen und zu trinken; in einiger Entfernung, am Kai, schaukelt schon der noch verschlossene *Flying Dolphin*, der mich nach Patmos bringen wird. Ich entspanne mich, irgendwie bin ich glücklich.

Wenn mich dort jemand gefragt hätte, wer ich wäre, hätte ich mir vielleicht einen anderen Namen ausgedacht oder besser noch, keinen genannt. Keineswegs, weil ich mich allein und verloren fühlte, auch von einer jetzt ausbrechenden Identitätskrise, die mich in ein orientierungsloses Ich verwandelt hätte, konnte nicht die Rede sein und in der Rolle der interessanten einzelgängerischen Fremden, die allzu auffällig ihr Inkognito zu wahren bemüht ist, wäre ich mir einfach lächerlich vorgekommen, überhaupt passte keine dieser stereotypen Erklärungen zu mir. Nein, ganz einfach aus reiner, freudiger Erwartung, was, mir noch unbekannt, die noch nicht betretene Insel jenseits des Horizonts bringen würde und wer ich dort im Unterschied zu bisher sein könnte – das wäre für mich der Grund gewesen, mich einmal ohne Namen zu bewegen und mich für alles Mögliche offenzuhalten. Ich war so gespannt auf mich selbst und den Ort dort.

Eigentlich hatte ich mir von Patmos noch kaum eine konkrete Vorstellung gemacht, nur dass die Insel immer wieder in ein wunderbares Licht getaucht sein soll, hatte ich gehört und dies wiederholte ich mir jetzt am Hafen.

Die Kellnerin, die sich nicht weiter nach mir erkundigt hat, winkt kurz zum Abschied, als ich das Restaurant verlasse.

Wir fahren los. Der Bug hebt sich, mäßiger Wellengang, erst bewegen wir uns entlang der türkischen Küste, die mit weißen Touristensiedlungen in ihren zahlreichen Buchten greifbar nahe liegt, dann nimmt das Boot Kurs auf das offene Meer. Immer wieder ziehen vor dem Fensterplatz Stücke Inselland und Wasser vorüber. Allmählich wird es warm unter Deck, im steten Rhythmus steigt das Boot auf und nieder, manchmal überkommt mich ein kurzer Schlummer. In der Reihe hinter mir schläft ununterbrochen ein junger Mann, vorne rechts ist eine lesende Engländerin über ihrem Buch eingenickt. Zum Nachmittag hin fällt, infolge des sich verändernden Sonnenstands und der jetzt eingeschlagenen Fahrtrichtung des Bootes, immer mehr Licht auf meinen Platz und von draußen spielt es mir, vom Wasser reflektiert, ins Gesicht, ohne zu blenden, eher, so kommt es mir vor, wie um unauffällige Kontaktaufnahme bemüht. Wieder und wieder tauchen kleine und kleinste Inseln auf, kaum oder nicht bewohnt, die im Dunst mehr Traumgebilden gleichen als wirklichen Orten, auch ganz unabhängig davon, ob ich nun halb schlafend oder wach aus dem Fenster schaue. Alles wirkt, obgleich ich niemals zuvor in dieser Gegend gewesen bin, seltsam vertraut, wie eine Rückkehr in schon immer bekannte Gefilde oder als gelänge man dorthin, wo man aus unbekannten Gründen hingehört. Die Fahrt könnte, was mich angeht, immerzu fortdauern, bräuchte nirgendwo zu enden, irgendwie muss ich an eine angenehme, allem Anschein nach mit guten Absichten verbundene Entführung denken, der ich mich, vom Boot gewiegt, in glücklicher Gleichgültigkeit überlasse.

Es ist wahr, insgeheim hätte ich gerne eine Bestätigung dafür, dass ich meine Mutmaßungen und meine Zuversicht nicht nur meiner persönlichen Wahrnehmung zu verdanken habe. Der

Wunsch nach etwas außerhalb von mir oder mehr als ich, was mir gleichsam freundlich zunickt oder, anders gesagt, nach einer Entsprechung, ist da. Ich wünsche mir, dass die Intensität, mit der ich mich jetzt in diese Umgebung aufgenommen fühle, ein Anzeichen oder zumindest eine Voraussetzung dafür ist, dass wir tatsächlich aufeinander einwirken, etwas miteinander zu tun haben werden und, wie auch immer, zu irgendetwas füreinander bestimmt sind: die Schönheit dieser hellen, heiteren Insel-Wasser-Welt, deren Eindringlichkeit ich mich nicht entziehen kann, und ich. Überdies, eine schöne Geschichte, die nur im eigenen Kopf begänne, will ich von vornherein nicht. Ob es überhaupt ohne einen solchen Wunsch ginge, frage ich mich und, halb belustigt über meinen weiteren Gedankengang, fällt mir die »Zeit, als das Wünschen noch geholfen hat« ein. Zitate können bisweilen hilfreich sein.

Das Händchen haltende Ehepaar an Bord mir schräg gegenüber, das später auf Patmos im gleichen Hotel absteigen wird wie ich, blickt schon eine Weile lang glücklich lächelnd aus dem Fenster und verfolgt das Spiel von Wasser, Inseln und Licht. Alles, was es dabei stören, was das feine, mühelos entstandene Gespinst der Beziehungen zwischen ihm und dieser Umgebung und diesen Augenblicken irgendwie beeinträchtigen könnte, scheint erst gar nicht zu ihm durchzudringen. Die Ferien haben gut angefangen.

Ab und zu legen wir bei den größeren Inseln an: Kalymnos, Leros, Lipsi. Aus- und einsteigende Menschen, Gepäckstücke, ein paar Waren, die seitlich des Eingangs zusammengestellt werden, alles verläuft zügig und eigentümlich ruhig, selbst die zugestiegenen Kinder lärmen heute nicht und schauen eher scheu umher. Von meinem Platz aus, der mir immer nur einen Ausschnitt der Welt draußen gewährt, weiß ich schon lange nicht mehr, wie wir fahren und wo sich genau das Boot im Meer befindet, ich fahre einfach mit.

Auf Patmos werde ich von ihr, die mich am Hafen abholen soll, erwartet. Ich habe sie vor zwei Jahren als Reiseleiterin auf Kreta kennengelernt, jetzt ist sie Reiseleiterin hier und betreut zurzeit eine Gruppe, der ich mich anschließen werde.

Ich erinnere mich noch an jenen späten Nachmittag am südkretischen Strand, wo sie im Badeanzug, in ein Gespräch mit einer anderen Frau vertieft, auf einer Liege saß. Sie wirkte so entspannt, so natürlich, das Auffälligste an ihr war ihr üppiges Haar. Dann ging sie schwimmen, ein voller, sehr weiblicher Körper, nicht mehr ganz jung. Als sie zu der Frau zurückgekehrt war, wechselte sie völlig ungezwungen ihren Badeanzug. Ein anderes Mal, vielleicht einen Tag davor oder danach, lag sie bäuchlings paddelnd auf einer Luftmatratze und ein Mann, ebenfalls bäuchlings paddelnd, lag auf ihr. Dies währte nicht lange, sie entzog sich seitwärts ins Wasser weggleitend Mann und Matratze und stieg wieder an Land.

Zum ersten Mal gesehen habe ich sie während des ersten Abendessens meines damaligen Aufenthalts: Sie war in ein weites türkisfarbenes Gewand gekleidet und wählte sich fleischloses Essen aus. So eine also, dachte ich damals, so eine New Age-Apostelin, die streng über ihren selbst gewählten alternativen Lebenskurs wacht, und dann rutschte mir jener unbegreifliche Satz heraus: »Ach, das bist du!«, sagte ich laut statt einer Begrüßung zu ihr. Ich erschrak. Was ich genau damit meinte, denn diese Bemerkung bezog sich keineswegs nur auf ihre esoterische Erscheinung und auf die ihr von mir zugeschriebene entsprechende Einstellung, weiß ich bis heute nicht. Sie sah mich kurz erstaunt an, erinnern wird sie sich daran wohl nicht, vielleicht hat sie mich ohnehin vergessen. Sie ist übrigens Yogalehrerin und unterrichtet Meditation, Qigong und dergleichen;

Feriengäste, die ein Bedürfnis danach haben, können bei ihr Kurse buchen. Gleich werde ich sie hier auf Patmos wiedersehen.

Irgendwie gehört sie bereits jetzt zu meiner Reise, ist, indem ich mich an sie erinnere, einbezogen in die schaukelnde Bewegung von Boot und mir und das Sonnenlicht des späten Nachmittags liegt schon auf ihr, noch bevor ich sie gesehen habe. Ein Blick auf die Uhr zeigt mir an, dass wir in einer guten Viertelstunde Skala, den Hafenort von Patmos, erreichen werden. Sie wird sich schon auf den Weg zur Anlegestelle gemacht haben.

Der *Flying Dolphin* kommt an. Vom Inneren des Passagierraums aus kann man den Kai nur ausschnittweise sehen. Als ich die Landungsbrücke betrete, erblicke ich sie sofort unter den versammelten Menschen. Da steht sie, in ein rotes, ärmelloses Shirt und eine helle Hose gekleidet, jetzt mit zurückgebundenem Haar. Sie fixiert mich kurz, dann erkennt sie mich. »Ach, du bist es!«, sagt sie. »Ja, grüß dich!« Wir begrüßen uns herzlich, es freut sie, dass ich es bin, die eingetroffen ist, nur meinen Namen hat sie vergessen, den wiederhole ich ihr. Stefanos, der Hoteleigentümer, steht mit seinem Wagen bereit. Kathrin und ich laden mein Gepäck ein, da Stefanos, ein älterer Mann, herzkrank ist, wie mir Kathrin mitteilt, und nicht viel tragen kann. Die Fahrt, die erst am Hafen entlangführt und dann über eine schmale Straße, welche nach links in die Hügel abbiegt, dauert nur kurz. Wir sind in dem kleinen Hotel *Asteri* angekommen, zu Deutsch: Hotel *Stern*.

Zimmerzuweisung, Abstellen des Gepäcks. Ich bin müde und doch zugleich freudig erregt, nahezu unbezwingbar – oder muss ich ›schamlos‹ sagen – ergreift mich ein Glücksgefühl. Erst einen Drink mit ihr auf der Terrasse, wir erkundigen uns kurz gegenseitig, wie es uns geht, und tauschen uns über dieses und jenes aus.

Warum mit Freude zurückhalten, verschämt wagt man kaum, darüber zu schreiben. Stattdessen immer wieder die eingeübte Gewöhnung an das Andere, das scheinbar viel Interessantere, weil offenkundig Relevantere: mit geringsten Erwartungen jemanden ins Auge fassen, bloß kein Überschwang, cool bleiben ist angesagt oder einfach aufdringlich sein, nahe kommt man sich ohnehin nicht und dann, eher schon, den anderen schrittweise fertig machen, weil man sich nichts zu sagen hat, die wenigen richtigen Worte wurden überhört. Eine andere, vielleicht sanftere Variante bestünde darin, dass man von vornherein vergebliche und hilflose Abtastungsversuche unternimmt, auf die wieder Loslassen folgt; aus uneingestandenen Schmerzen und unbenannten Ängsten werden Feindseligkeit und im schlimmsten Fall gänzliche Gleichgültigkeit. Im Hohen Lied der Gegenwart gibt letztlich Unfähigkeit den Ton an, es endet im sicheren Scheitern. Wir schaffen es nicht, zueinander zu finden.

Demzufolge müsste ich mich spätestens von jetzt an gehörig ins Zeug legen, um zu erzählen, wie ich mich an sie, die mich doch nur bitter enttäuschen kann – oder ich sie, vergeblich und in irgendeinem lächerlichen Wahn befangen, heranmache. Glücksvernichtung von Anfang an, darum müsste es in meiner Geschichte gehen. Die trüben und harten Seiten der Seele, ihr Leiden, hervorzukehren, ist nicht nur schon längst ein verbürgtes Recht der Literatur, sondern auch ihr endlos wiederholtes Lieblingsthema. Dass es immer noch genügend Leute gibt, die so etwas lesen wollen, ist erstaunlich. Ich gestehe, dass ich es gründlich satt bin.

Dann ein paar praktische Fragen, die ich an Kathrin richte, über den Programmverlauf der nächsten Tage. Ich sage meine Teilnahme an ihrem allmorgendlichen Yogakurs zu, auch um ihr eine Freude zu bereiten. Die Terrasse liegt im Abendschatten, durch ein paar blühende Hibiskussträucher hindurch sieht man den Garten mit Rasen und angrenzenden Büschen. Ich muss mich beeilen, wenn ich mich bis zum gemeinsamen Abendessen ein bisschen frisch gemacht haben will.

Um 19.00 Uhr treffen wir uns, die ganze Gruppe, auf der Terrasse. Gegenseitiges sich Vorstellen, wir sind insgesamt nur wenige Frauen unterschiedlichen Alters. Dann gemeinsamer kurzer Spaziergang zu einem Restaurant an der nächstgelegenen Hafenbucht. Von hier aus kann man ein paar einfache, hauptsächlich weiß gestrichene oder mit wenigen Farbtupfern versehene Holzboote vor Anker liegen sehen, die ruhig und klar aus dem inzwischen mild gewordenen, gelbgoldenen Abendlicht hervorgetreten sind. In einiger Entfernung rostet ein älterer Kahn mit abgeknicktem Mast im Wasser vor sich hin. Ein alltäglicher Anblick, weder besonders schön noch auffällig, der wohl auch zu anderen Tageszeiten kaum anders sein dürfte. Auf der Insel kennt man, wenn überhaupt, jetzt im Juni noch keinen regen Touristenbetrieb und die Patmos-Griechen setzen, kaum beeinträchtigt von den Fremden, ihr ganz gewöhnliches Leben fort. Wir sind die einzigen Gäste im Restaurant.

Unsere Tischgespräche verlaufen oberflächlich und zu meinem Erstaunen ohne für mich wahrnehmbares Interesse füreinander, obwohl sich die Gruppe, zu der ich jetzt verspätet gestoßen bin, doch schon seit einer Woche kennt. Ich spendiere eine Flasche Rotwein aus dem Wunsch, dass mehr Verbundenheit entstehen möge, sicher auch mit mir, der noch gänzlich

Unbekannten; zur Not sorge ich eben dafür. Ich begreife dieses Verhalten nicht und finde das immer wieder eintretende Schweigen einigermaßen peinlich, stillos und unhöflich. Als ob dieser Ort und dieser Augenblick nicht ganz andere Möglichkeiten böten, die hervorzulocken und sich darüber angeregt zu unterhalten offenbar niemand das Bedürfnis hat. Nichtsdestoweniger wird mir mitgeteilt, dass Patmos eine außergewöhnlich schöne Insel sei. Kathrin hat sich neben mich gesetzt, sicher auch, um mir die Aufnahme in die Gruppe zu erleichtern. Ab und zu sprechen wir miteinander, wenngleich ebenfalls nicht viel. Ob sie sich, vielleicht weil es immer wieder einmal vorkommt, einfach an schweigende Gruppen gewöhnt hat, frage ich mich. Oder macht ihr ein solches Benehmen grundsätzlich nichts aus? Übermüdet begebe ich mich eher als die anderen zurück zum Hotel. Die Dunkelheit setzt hier erstaunlich früh ein.

Nachts habe ich mich unter meiner Bettdecke in mich selbst eingerollt.

☆ ☆

Für den nächsten Tag ist Wandern angesagt, Richtung Norden, in einer kleinen Bucht ist eine Mittagspause vorgesehen und dann soll es weiter zu einem abgelegenen Kloster gehen. Die Terrasse des Hotels liegt jetzt im hellen Morgenlicht, entspannt und unternehmungslustig laufen die Gäste mit ihren Frühstückstellern zwischen Buffet und Tischen hin und her und sind miteinander in angeregte Gespräche vertieft, kaum jemand sitzt vereinzelt da. Die prachtvollen violetten Bougainvilleen, die von der durchrankten Überdachung der Terrasse herunterhängen, brechen die jetzt schon starken Sonnenstrahlen und überziehen uns spielerisch mit ihren getupften Schatten. In der Ferne, am höchsten Punkt von Chora, dem traditionsreichen Hauptort, erhebt sich, eher unauffällig in der auf alles gleichmäßig verteilten morgendlichen Helligkeit, das *Johannes-Kloster*.

Immer noch müde, habe ich beschlossen, nicht die ganze Wanderung mitzumachen, sondern mich mit einem Taxi zu der Bucht fahren zu lassen und dort mit den anderen die Mittagsstunden zu verbringen. Ich sage es Kathrin, freundlich erklärt sie sich damit einverstanden. Während die anderen sich auf den Weg machen, bleibe ich auf der Terrasse zurück.

Das Taxi holt mich am späten Vormittag ab. Erste Eindrücke der Insel: ein schmaler Landstreifen von geringer Länge, der es dem Salzwasser erlaubt, tief in das Land einzuschneiden, wodurch zahlreiche Buchten entstanden sind, die sich in rascher Folge dem Auge darbieten. Je nachdem, von wo aus sich das Taxi ihnen nähert, nehmen sie sich sehr unterschiedlich aus, obwohl sie sich eigentlich ähneln. Zur Inselmitte hin niedrige, kaum bewachsene Hügel, ab und zu an den Hängen kleine, karge Äcker mit etwas Gemüsebepflanzung und hier und da ein Obstgärtchen, das von Topfblumen oder Blumenranken ein paar farbige Akzente erhalten hat. Ansonsten sind es Gebüschgruppen, ein paar Kiefern, Zypressen und Maulbeerbäume, die die Insel mit einer bescheidenen Vegetation ausstatten und die, kaum dass man sie entdeckt hat, schon wieder vor dem geöffneten Fenster des Taxis vorübergeglitten sind. Gelesen habe ich, dass es auf Patmos ziemlich viele Granatäpfelbäume geben soll. Gelegentlich tauchen kleine und kleinste Ortschaften mit weiß gekalkten Häusern auf, die stark an die kubische Architektur der Kykladen erinnern, oder vereinzelte Bauernkaten in derselben weißen Viereck- oder Rechteckform. Es ist kaum zu glauben, dass sich auf der Insel ein paar Hundert Kapellen befinden, so unauffällig fügen sie sich in die Ortschaften und die Landschaft ein. Alles wirkt eher unspektakulär, eine Durchschnittsinsel des Dodekanes, könnte man meinen, doch eigentümlich still, friedlich und unverdorben. Patmos, das keinen Flughafen besitzt, ist kein Reiseziel des Massentourismus. Zwar legen hier regelmäßig Kreuzschiffe an und die Passagiere werden zur Heiligen Höhle, in der den Evangelisten Johannes die Offenbarung überkam, hinaufgefahren und dann weiter zum *Johannes-Kloster*; abends sind Menschen und Schiffe jedoch wieder verschwunden. Die Insel will sie nicht behalten.

Das Taxi hat jetzt die Bucht von Lambi erreicht, wir fahren noch ein letztes Stück hinunter bis dorthin, wo der Strand mit den bekannten bunten Kieseln beginnt, die Kathrin heute Morgen ausdrücklich erwähnt hat. Hier steige ich aus und das Taxi entschwindet, an das Taxifahren habe ich mich inzwischen gewöhnt.

Ich wandere langsam über den Strand; außer mir, in einiger Entfernung, nur noch zwei andere Urlauber, ein Paar, das dasselbe tut. Ansonsten ist alles nahezu menschenleer. Die Taverne unter einer Tamariskengruppe und mit blauen Stühlen und Tischchen am Meer ist zwar geöffnet, aber die Kellner haben noch nichts zu tun. Kurz setze ich mich in einen Strandstuhl eines noch geschlossenen Cafés und zweifle, ob ich mich jetzt schon voll der Sonne aussetzen oder lieber noch etwas im Schatten bleiben soll. Es weht ein kräftiger Wind, der nicht gerade zum Baden einlädt. Ich stehe wieder auf, passiere – wir grüßen einander kurz – das Paar, das inzwischen angefangen hat, Kiesel zu sammeln. Auf den ersten Blick sind die Kiesel alles andere als spektakulär, man muss schon suchen, will man ein einigermaßen interessantes Exemplar entdecken. Auch darin hält sich die Insel offenbar zurück. Ein wie Marmor gezeichneter Stein im Wasser blitzt mich plötzlich im Reflex des Sonnenlichts an, ich stecke ihn ein. Langsam wandere ich weiter, mal auf die Steine konzentriert und dann wieder auf das Wasser. Das Ende des Strandes ist durch eine Mauer aus Natursteinen, die direkt am Wasser entlang verläuft, blockiert; hier komme ich nicht weiter und setze mich hin. Ein weiß getünchter Torbogen, der die Mauer an einer weiter weg gelegenen Stelle durchbricht, gewährt einen Durchgang zu einem eingezäunten Grundstück dahinter, er wäre aber nur mit einem Boot vom Wasser aus erreichbar. Das Boot schaukelt in einiger Entfernung davor vor Anker; niemand ist darin. Hinter mir, landeinwärts, umschließt eine Kette steil aufragender Hügel die Bucht, ein Weg ganz oben entlang führt nach Westen aus ihr heraus. Irgendwann müsste die Gruppe, vielleicht von dorther, kommen. Hier unten kann ich ruhig auf sie warten.

Dann, zur Mittagszeit, sind sie eingetroffen. Ich sehe von meinem Platz aus, wie sich zu zweit und zu dritt sommerlich bunt gekleidete Gestalten, deutlich keine Einheimischen, nacheinander am Strand vor der Taverne einfinden. Langsam wandere ich zu ihnen hin. Wir setzen uns unter der Tamariskengruppe um einen Tisch mit Blick aufs Meer, bestellen Tee, Eiskaffee und Wasser. Wir plaudern und lernen uns ein wenig besser kennen. Sie, Kathrin, hat sich eine irgendwo aufgelesene oder abgezupfte blaue Blüte in ihr schönes Haar gesteckt und lächelt mich kaum merklich an. Sie trägt orangefarbene Hosen und, soweit ich mich erinnere, wieder das rote, ärmellose Shirt.

Warum in der Erinnerung an allen diesen Details festhalten? Sicher, auch aus Angst, dass diese schönen Augenblicke dem Vergessen anheimfallen und endgültig von der Vergangenheit vereinnahmt werden könnten. Diese nur allzu bekannte Angst abzuwehren, erscheint mir sinnlos; ich setze mich ihr aus und versuche, auf sie zu hören und sie ernst zu nehmen. In den Details leben die Augenblicke wieder auf, suchen erneut die Nähe und drängen unaufhaltsam ins Hier und Jetzt; das tun sie nicht grundlos. Allgemeine physiologische und psychologische Erklärungen reichen dafür nicht aus.

Details dienen nicht nur dem Bewahren, in ihnen zeichnen sich auch erste Zusammenhänge ab, die die beglückte Wahrnehmung registriert und zweifellos auch selbst schafft, Zusammenhänge, die keineswegs zu einem bestimmten Zeitpunkt abgeschlossen zu sein brauchen, sondern sich vielleicht gerade erst zu entfalten begonnen haben. Details verführen durchaus nicht nur zu flüchtigen Impressionen, sondern sie sind es, die, kontaktbereit, alle Aufmerksamkeit auf sich ziehen, gleichsam ›winken‹, ›herbeilocken‹ und immerzu dazu ›auffordern‹, sich auf sie und ihre noch verborgenen Möglichkeiten einzulassen. Entgegen aller schon im Vorhinein auf Flüchtigkeit ausgerichteten sommerlichen Ferienintention übe ich mich im Verweilen bei genau diesen Momenten, an diesem Ort und bei dieser Person. Ich will nicht nur einen Kieselstein als Andenken mit nach Hause bringen.

Am Tisch entspinnt sich unerwartet ein Gespräch über Verletzbarkeit. Wie wir darauf kamen, ausgerechnet hier und zu dieser heiteren Stunde, weiß ich nicht mehr. Verletzbarkeit als das Resultat einer Wechselwirkung: Wer jemand anderen verletzt, muss eigentlich diese Verletzung auch in sich selbst spüren und verletzt sich selbst. Wir sind uns darin einig, dass diese Erfahrung heutzutage, in der überall latenten oder offenen Gewaltbereitschaft, als verschüttet gelten darf. Zu ihrer Wiederentdeckung bedürfe es geradezu eines Trainings. Es gehe um Selbstsensibilisierung, die angestrengt immerzu den anderen mit im Auge behält, solange es noch schwerfällt, diesen bei sich selbst, gewissermaßen im eigenen Resonanzbereich, zu dulden. Eigentlich laufe es ja auf die Erkundung des eigenen Herzens hinaus, sagt jemand. Vorsichtig, Schritt für Schritt, könne es erproben, wie es mit dem des anderen zusammenwirkt oder ›zusammenvibriert‹ und wie es, zunehmend sicher geworden, in möglichst regelmäßigen Schlägen über sich selbst hinaus ausgreift, ohne sich jemals wieder akut zu verschließen. Diese offene Verbundenheit sei wahrscheinlich seine ursprüngliche, natürliche Fähigkeit. Vielleicht kam dieses Thema auch nur auf, weil wir uns um diesen Tisch herum füreinander zu interessieren begannen und mehr von uns selbst preiszugeben wagten, aus einem Bedürfnis nach sozusagen mehr zwischenmenschlichen Schwingungen heraus. Möglicherweise gehören diese dazu, will man auch die Umgebung aus vollen Zügen genießen und mit sich selbst in ein volles Schwingungsverhältnis bringen können. Erst das wären dann geglückte Ferien, unter anfänglich schmerzlichem Vorzeichen also. Der Schmerz von Verletzungen setzt von vornherein tiefer an, bricht sich durch die gewohnte heitere Oberfläche Bahn, mischt sich in den Plauderton, auf der Suche nach Verbindung im Abbruch, in der Abkapselung und im Missklang. Allerdings schien niemand von uns jetzt und an diesem friedlichen, sonnigen Ort unglücklich zu sein.

Wir beschließen, erst später zu Mittag zu essen. Grüppchenweise verteilen wir uns über den Strand, ein paar gehen schwimmen – was nicht einfach ist, muss man sich doch erst über große, glitschige Steine ins Wasser tasten –, andere ziehen sich unter den wenigen Bäumen in den Schatten zurück. Zwei, die körperlich etwas schwerfällige Ute und ihre schon seit mehreren Jahren vertraute Reisegefährtin, die sportliche Helga, haben sich vor die Mauer am Ende des Strandes gesetzt und sind in ein Gespräch vertieft. Ich lasse mich, geschützt durch mein Badetuch und durch meinen orangefarbenen Seidenschal, der im straffen, kühlen Wind zusätzlich wärmt, von der Sonne bestrahlen. Die schmale, stille Brigitte meldet doch bald Hunger an und geht alleine einen Salat essen; später kommen auch wir, die anderen, hinzu. Kathrin und ich setzen uns an einen Tisch tief im Schatten der Taverne. Ein wunderbarer Ausblick, durch blau gestrichene Stühle und Tische und die herabhängenden Zweige einer Tamariske hindurch, bietet sich von hier aus auf das tiefblaue Meer und den strahlenden Himmel: Griechenland, wie man es sich erträumt hat und immer erträumen wird. Es herrscht eine angenehme Ruhe, ein paar wenige Stimmen, das Windgeräusch und etwas Musik gehören wie selbstverständlich dazu. Kathrin und ich bestellen Auberginensalat, gegrillten Schafskäse, mit einer Reismasse gefüllte Zucchiniblüten, zu denen sie mir rät, und ein wenig Pommes frites. Gesprochen haben wir unter anderem über sie und mich, vor allem, wie man doch immer bemüht sei, aus sich etwas Besseres zu machen, sich mit sich selbst in Einklang zu bringen, auch wenn es nur sehr langsam voranginge. Sie: Sie habe sich lange Zeit, schon als Kind, nicht leiden können und vor dem Spiegel geübt, sich freundlich anzureden, beispielsweise sich selbst morgens mit »Guten Morgen!« zu begrüßen. Wenn man sich nur oft genug so verhielte ›als ob‹, entstünde schließlich die entsprechende Erfahrung. Erstaunt sehe ich sie an, als säße ich plötzlich jemand ganz anderem gegenüber, als ich mir bisher vorgestellt habe, jemandem, bei dem nach langen, immer wiederholten Anstrengungen endlich einiges ›klappt‹. Wie wenig noch kenne ich sie. Die Mühsal und die erbrachte Disziplin stehen Kathrin jetzt im Gesicht geschrieben; nicht die Spur mehr eines Lächelns. Ich: Ich sei gerade dabei, für mich eine neue ›Haut‹ zu entwerfen, dadurch, dass ich auf dem Papier äußerst zarte Farbkombinationen mit überraschenden Farbklecksen ausprobieren wolle, also eine ›Haut‹, in der alles Mögliche zum Vorschein käme und die, so gesehen, eine lebendige ›Haut‹ sei. Vielleicht gelänge dies ja hier in den Ferien. Kathrin versteht dies nicht. Warum denn auf dem Papier? Warum ich mich nicht direkt an mich selbst wende? Mich selbst ›farbiger‹ mache. Darauf käme es doch an. Ich antworte ihr, dass ich zurzeit auf dem Papier mehr und schneller etwas erreiche als mit mir selbst, es sei eine Art Stellvertreter, vorläufig noch sehr dünnschichtig und ohne feste Bezugspunkte, aber ich wolle so lange mit ihm experimentieren, bis wir, das Papier und ich, uns ganz nahekämen und es sich vielleicht auf mich übertragen lasse. Dann könne ich möglicherweise auf es verzichten. Und, füge ich noch hinzu, es ginge mir eben nicht nur um ein Spiel mit den Materialien, von dem ich selbst ausgeschlossen bliebe, nein, solche Art Kunst interessiere mich nicht mehr. Kunst – oder vielleicht bedürfe es dazu eines ganz neuen Wortes – sei doch auch und nicht zuletzt etwas für einen selbst. Ich wolle sozusagen die hilfreichen Möglichkeiten von Kunst herausfinden: Kunst als Unterstützung und Kunstwerke, die auf eine ganz andere Weise ›gelingen‹.

Zugegeben, ein seltsames Gespräch an einem so schönen Ort. Entweder passten wir noch nicht zu ihm oder seine heilsame Wirkung bestand darin, dass er uns, weil er so schön war, erst unsere Versehrtheiten entlockte, um dann Einfluss auf uns zu nehmen. Schmerztherapie durch die Verbindung von Sonne, Wasser und Wind. Hier zu verweilen fühlte sich gut für mich an, verhieß mir Ruhe, als ob die Gegend und die Augenblicke nicht nur über die Sinne, sondern auch über die ganze Haut auf mich einzuwirkten begannen und ich mich dem nur entspannt hinzugeben brauchte.

Die anderen mahnen jetzt zur Fortsetzung der Wanderung und zum baldigen Aufbruch. Sanft überreden sie mich, vor allem Kathrin, doch mitzukommen. Ich widersetze mich nicht lange und überlasse mich willig der Verführung, einen Schritt weiter zu gehen, als ich eigentlich vorhatte. Es kann, so einladend, kein verkehrter Schritt sein, die Gruppe nimmt mich auf, wir schlagen den vorgegebenen Weg ein, es ist nicht zuletzt Ferienzeit, Zeit des sich Fortbewegens. Unser Weg führt erst einen steilen Hang hinauf, dann ein kurzes Stück über eine asphaltierte Straße, von der ein Ziegen- oder Eselspfad Richtung Westen abbiegt. Dieser verläuft zunächst oberhalb des Meeres, um dann durch ein hügeliges Gelände hindurch einer kleinen Hochebene zuzustreben. Weites, hauptsächlich wildes und nachmittäglich durchsonntes Land, ein paar Ziegen, die sich durch das Läuten ihrer umgebundenen Glocken verraten und uns von den Anhöhen herab nachschauen. Unbeschwert, gänzlich frei wandern wir fort: Es sind uneingeschränkt glückliche Augenblicke, mit denen der Tag uns jetzt verwöhnt, das Glück selbst scheint sich zu uns gesellt zu haben und als Garant unseres Frohsinns mit uns weiterzuziehen. Obwohl die Bewegung durch einen bislang unbekannten Raum führt, wirkt ringsherum doch alles wie vertraut, als wandere man zugleich durch einen sonnig und heiter vorgeprägten Seelengrund, der als längst schon vorhandene innere Landschaft dem Außen entspricht und die beide zu betreten einem nun vergönnt ist. Vielleicht sollte man nicht von Gunst sprechen, sondern eher von einer gewöhnlich übersehenen Selbstverständlichkeit, so bereitwillig und offen empfängt einen diese Gegend, die nirgendwo Grenzen zu haben scheint. Hinter den Hügeln, noch unsichtbar, erstreckt sich nach allen Seiten hin das Meer, im junitrockenen Gras verfangen sich kurz, wie in einem neckischen Spiel begriffen, Lichtstrahlen und der Wind fängt an, sich allmählich zu legen, so dass wir unser Laufen immer weniger spüren.

Wir biegen nach Süden ab, müssen noch eine letzte Hügelkuppe umgehen und dann – die allgemeine Überraschung ist groß – dort im Tal, vor einer schimmernden Bucht, umgeben von einem kleinen Acker und ein paar Feldern, liegt unser Ziel, das kleine Kloster, wie paradiesisch hingebettet. Zypressen akzentuieren hier und da die weißen Gemäuer und die ziegelrote Kuppel der Kapelle grüßt freundlich herüber, ein Anblick, der in seiner stillen, dichten Geschlossenheit wie ein Bild wirkt, das doch zugleich über sich hinausweist: Kurz durchfährt es mich wie eine Ahnung dessen, was es heißt, in dieser Welt tatsächlich irgendwo angekommen zu sein, ohne noch weiter zu müssen. So also könnte ein Ort endgültigen Zusammentreffens und Zusammengehörens aussehen.

Wir steigen den Abhang hinunter und wandern durch eine schmale Allee, die irgendwann einmal angelegt wurde, auf die Gebäude zu. Gegen eine Hauswand angeschmiegt, steht unbeweglich eine braune und liegt eine weiße Kuh. Zuletzt habe hier in dieser Einsiedelei nur noch ein einzelner Mönch gelebt und sich vom Ackerertrag und Fischen ernährt, heute werde das Anwesen in den Sommermonaten von zwei Bauernfamilien bewirtschaftet, erklärt uns Kathrin. In einiger Entfernung sieht man auf einem von der Sonne verbrannten Stück Wiese zwei angebundene Mautiere stehen. Uns, die wir langsam weitergehen, empfängt ein kühler, schattiger Gang zwischen halbhohen, weiß gekalkten Mauern. Von der einen herab schaut uns ein kleiner, angeleinter Hund an, ein anderer größerer liegt ruhig wartend auf dem Boden, dort, wo der Gang in die offene Vorhalle der Kapelle übergeht. Durch die zwei Bögen der Halle schwanken, vom letzten leisen Wind bewegt, rote Blüten und man sieht das Meer in der Bucht glitzern. Niemand von uns kann sich dem Zauber dieser einzigartigen Harmonie entziehen. Wir sind an einem Ort des tiefsten, heiteren Friedens angekommen; hier ruhen wir aus.

Wenn überhaupt ein Ort ein Geschenk sein kann, das einem unerwartet angeboten wird, dann sicher dieser. Gewiss, der zurückgelegte Weg, der von den Spuren anderer vor uns bereits festgetreten ist, führt für jedermann dort- und nirgendwo anders hin, man braucht ihn nur einzuschlagen und jeder kann diesen Ort finden und sich an ihm erfreuen; so einfach ist es. Doch unter Berücksichtigung all jener Umstände, die mich heute hierher geführt haben – und dann denke ich vor allem daran, wie Kathrin und die anderen mich freundlich überredet haben mitzukommen – , gleicht unsere Wanderung einem glücklichen Zusammenspiel vieler Einwirkungen und dafür bin ich dankbar.

So gewollte Vorsehung? Was besagt dieses alte Wort eigentlich? Dass über mich und alle anderen Beteiligten irgendwie ›von oben‹ verfügt wurde, diese Erklärung wäre viel zu einseitig und ließe unseren eigenen Anteil an dem Ganzen unberücksichtigt. Oder Zufall nur? Die Fäden, die der heutige Tag um mich gesponnen hat, scheinen dazu schon zu verflochten zu sein.

Unsere Zeit will nichts mehr geschenkt haben, ist vielleicht zu stolz dafür, stellt ja alles selbst her, einschließlich aller Vorstellungen, die man sich von seiner Umgebung macht. So gesehen, hätte diese kleine paradiesische Klosterbucht von sich aus nichts zu bieten gehabt und hätte darauf warten müssen, dass wir oder andere kommen und sie ›zauberhaft‹ finden. Doch schon ihr erster Anblick, als wir uns ihr näherten, widerspricht dem: Wir sind alle überrascht und betroffen stehen geblieben.

Vielleicht übertreibe ich auch nur und mache aus dem Ganzen viel mehr, als es hergibt, weil ich immerzu auf ein volles Glücksgefühl erpicht bin. Aber warum sollte ich von vornherein mit geringen Erwartungen die Tage hier verbringen, bereit, das Gesehene mehr oder weniger unbedeutend zu finden und einen Eindruck nach dem anderen bloß abzuspeichern? Immer diese Überredung zum Geringen, Gewöhnlichen und Oberflächlichen, als ob eine bequeme, träge Mittellage der Seele das Allerwünschenswerteste wäre, zumindest wenn es um erholsame Ferien gehen soll.

Eine Bäuerin kommt und schließt uns, was hier üblich ist, die Klosterkapelle auf. Nackte Schultern und Beine müssen bedeckt werden, zur Not mit dem Badetuch, ich hülle mich in mein rotes ein. Von innen strahlt uns als Erstes das Silber der herabhängenden Leuchter entgegen und begleitet uns, als wir uns langsam tiefer in die Kapelle hineinbegeben, zum dämmrigen

Glanz dunkler Heiligengesichter, die von den Ikonen her in den Raum blicken. Bei einigen von ihnen setzt sich das Silber matt schimmernd in einer auratischen Einfassung des Kopfes fort und scheint sich in diesem Rund zu sammeln. Der warme Goldüberzug der prachtvoll und reich geschnitzten Ikonostase leuchtet auf, die Heilige Pforte hält mit einem roten Vorhang das Allerheiligste verschlossen. Im Flüsterton machen wir uns auf dieses und jenes aufmerksam, aber das meiste ist uns in seiner genauen Bedeutung unbekannt. Links und rechts der heiligen Mitte sind die große Ikone der Mutter Gottes mit Kind und die große Ikone des auferstandenen Christus aufgestellt. Der Goldgrund dieser und anderer Ikonen – eine Ikonenreihe ganz oben stellt in dunkel-glühenden Tönen sukzessiv Christi Dasein auf Erden von der Geburt bis zur Himmelfahrt dar – verbreitet eine geheimnisvoll anziehende und zugleich abweisende Wirkung, die den Betrachter zum Verweilen zwingt.

Hier also wohl, hier ist höchste Konzentration vor Ort nicht nur angesagt, sondern eine uralte, eingeübte und erforderliche Tugend. Auch wir, unser Grüppchen Nicht-Orthodoxer, spüren unmittelbar diese Verpflichtung und wir bewegen uns kaum. Die Ikone gibt die Stelle an, an der sich in der religiös verehrenden Betrachtung ein Bezug zu einer anderen Welt bekundet, allerdings so, dass diese nicht selbst hervortritt, sondern in der sichtbaren lediglich aufscheint, habe ich kürzlich gelesen. Immerhin, es kommt zu Kontakt und Austausch. Eine Ikone ist nicht nur Bild oder Ding, sondern sie gestattet dem Gläubigen die Teilhabe an einem komplexen Beziehungsgeflecht.

Diese Kapelle sei dem himmlischen Heimgang der Gottesmutter geweiht, das könne man aus der Ikone mit der sterbenden Maria und den sie umgebenden Heiligen und Engeln ersehen, welche direkt neben der großen Christus-Ikone hängt, erklärt Kathrin mit gedämpfter Stimme. Die Ikonostase sei ein außerordentlich kostbares Geschenk des *Johannes-Klosters*, leider fehle es an finanziellen Mitteln, sie angemessen zu erhalten.

Ganz rechts, als sei er nicht völlig in das heilige Geschehen mit aufgenommen, ist Johannes der Täufer mit einem eigentümlich düster-verschlossenen Gesichtsausdruck in das ihn umfassende Gold einer Ikone eingegangen. Er ist jedoch zu groß dargestellt, als dass er lediglich ein Dasein am Rande führte; eigentlich wirkt er wie ein Blickfang, zumindest auf mich. Als Asket in der Wüste muss er struppig, wortkarg und abweisend aussehen. Merkwürdig, auf einmal kommt es mir vor, als ob diese einfache Erklärung für seine Erscheinungsweise höchst unzureichend ist und eher etwas verborgen hält, als dass sie Einsicht in diese Gestalt gewährt. Je länger ich den Täufer ansehe, desto stärker erweckt er den Eindruck, dass er sich zu etwas zwingen müsse und unter Aufbietung aller seiner Kräfte etwas in sich zurückhalte. Sein finsterer Anblick und die geballte Wirkung seiner Person könnten durchaus von einer geheimen, nicht ablassenden Qual zeugen. Ob auch sie wohl mit zu seiner heiligen Bestimmung gehört? – Möglich, dass schon die beiden Frauen, Herodias und Salome, die seinen Lebensweg kreuzten, dies in diesem so männlich athletischen Mann, der dieser Darstellung zufolge gar nicht asketisch auszusehen braucht, gespürt haben und dass sie seiner Enthauptung, welcher er sich nicht widersetzen würde, sicher sein konnten. Jetzt hält das Gold, in das er und sein Konflikt eingebunden sind, die bewegungslose Figur zusammen.

Das Gold der Ikonen verweise auf die feurige Gegenwärtigkeit des Göttlichen, entnehme ich Kathrins leisen Erklärungen. Ohne die mildernde Wirkung des Goldes, das gegen die unmittelbare göttliche Energie abschirmt, wäre sie unerträglich, man würde »einfach verbrennen«. Die heiligen Gestalten schauen den Betrachter, den Betenden, den Flehenden niemals direkt an, sondern ihre Augen sind immer irgendwie an ihm vorbei oder über ihn hinweg gerichtet. Ihr Blick geht anderswo hin, auch wenn sie geküsst werden. Kathrin fährt mit ihren Auskünften fort, teils wiederholt sie bloß Angelerntes, teils klingt in ihren Worten an, dass sie von dieser und jener Detailinformation echt beeindruckt und stolz darauf ist, diese Kenntnisse vermitteln zu können. Eine geübte Rednerin ist sie nicht, ihr Interesse bekundet sich eher darin, dass sie ganz spontan mit den Fingern auf dieses oder jenes zeigt und dann die entsprechende, schnell verständliche Erklärung dafür gibt. »Bei den Häusern auf den Ikonen sind die Fenster immer nach oben geöffnet, damit der Heilige Geist immer dort einziehen kann.« Ob Ikonen Kathrin persönlich viel bedeuten, weiß ich nicht. Diesen Ort, diese Stätte, findet sie zweifellos sehr schön. Wir zünden Bittkerzen an, sie und ich, sie eine, ich zwei. Wir stehen nebeneinander. Ihre körperliche Nähe tut mir vor all diesen Heiligenbildern, die sich nicht rühren werden und von denen ungewiss ist, ob sie sich überhaupt um uns kümmern, gut. Wir sind beinahe gleich groß, bemerke ich jetzt. Im Hintergrund wartet still auf einem Stuhl die Bäuerin.

Draußen verweilen wir alle noch ein paar Augenblicke lang unter den Bögen der Vorhalle. Auf den steinernen Platten, die zur Eingangstür der Kapelle führen, sind mehrfach Sonnensymbole eingraviert; sie setzen sich in den Holzschnitzereien der Tür fort. Ein Symbol für den in harmonische Schwingungen eingebundenen Kosmos markiert die Schwelle zwischen der Vorhalle und der blumenreichen direkten Umgebung. Dieses Zeichen erinnert selbst an eine Blume und zugleich an die Sonne. Ein Stück alte heidnische Welt scheint sich hier freundlich und selbstverständlich mit der christlichen zu verbinden, was erstaunt und beglückt.

Wir brechen zur letzten Etappe der Wanderung auf und verlassen dieses wundersame Tal, Livadi Kalojiron, oder von deutschen Urlaubern *Mönchswiese* genannt. Unter uns liegt jetzt der kleine Strand, der mit seinen Grau-in-Grau-Steinen keineswegs zu ausgiebigen Badefreuden einlädt, wie denn überhaupt der ganze Ort trotz seiner einzigartigen Beschaffenheit und Atmosphäre von hier aus gesehen eher etwas Unauffälliges besitzt und nur wenige Touristen anziehen wird.

Der Hang, den wir hinaufsteigen müssen, ist in das Sonnenlicht des späten Nachmittags getaucht. Ich, die ursprünglich gar nicht vorhatte mitzuwandern und im Wandern unerfahren bin, spüre nun meine wund gelaufenen Füße. Jemand aus der Gruppe bietet mir Pflaster an, die mir Kathrin fürsorglich auf die gerötete Haut klebt, während ich mich auf sie stütze. Liebevoll mit anderen umzugehen, sagt sie einmal später, sei eine ihrer selbst gewählten Richtlinien. Übt sie sich, wie einstmals vor ihrem Spiegel, noch immer im Freundlichwerden?

Wir ziehen weiter nach Süden und, über Grüppchen verteilt, die miteinander plaudern, sind wir bemüht, einander nicht aus den Augen zu verlieren; so sind wir füreinander Begleiter. Der schöne Weg schlängelt sich auf einer kleinen Hochebene fort, rechts von uns eröffnen sich immer wieder Ausblicke auf das Meer, aus dem sich bei der heute besonders klaren Sicht der lang gereckte Gebirgsrücken der Nachbarinsel Ikaria erhebt. In einiger Entfernung, mir und meiner Weggefährtin Ute voraus, läuft Kathrin mit noch ein paar anderen; ihre orangefarbene Hose macht sie in der Landschaft immer wiederfindbar. Geduldig und freundlich steht sie ab und zu still und wartet auf uns, Ute und mich, die ewigen Nachzüglerinnen. Wir können uns beide nicht so schnell bewegen; Ute muss sich nach einem Unfall noch etwas schwerfällig erst wieder vorsichtig an das Gehen gewöhnen, stabile Wanderschuhe und ein kräftiger Zweig, auf den sie sich stützen kann, sollen ihr dabei helfen. Mit ihrem betont sportlichen Outfit: die halblangen Hosen, das karierte Hemd und der von Kathrin geliehene Strohhut, gibt sie zu erkennen, dass sie sich genau dies, trotz ihrer Angst hinzufallen, vorgenommen hat. Ich muss neben ihrer robusten Gestalt klein, eher schmal und auf meine Art unsicher wirken, auch da ich, leicht ermüdet vom ungewohnten Wandern, immer einmal wieder eine kurze Pause einlege; konsequentes, gradliniges Weitermarschieren ist überdies nicht meine Sache. Meine rosa Sonnenkappe dürfte sich ein wenig zu keck ausnehmen und die neuen Sandalen, die ich mir vor Antritt der Reise gekauft habe, sind zu rot; Personen wie ich können mit solchen Mitteln nicht darüber hinwegtäuschen, dass es ihnen gehörig an Kraft und körperlicher Ausdauer fehlt. Dafür habe ich meine Wünschelrute: einen am Wegrand aufgelesenen Zweig, den ich – eigentlich eher Ute zuliebe, die findet, dass ich ihn brauche – nun als Wanderstab mit mir führe, allerdings so, dass ich damit den Weg vor mir abklopfe und, erkläre ich ernsthaft Ute, dabei nicht ausschließe, dass sich irgendetwas Überraschendes oder Wundersames ergibt. Sie schaut mich groß an, zum Auslachen und: »Bei dir piept's wohl!«, kennen wir uns noch nicht lange genug. Für die anderen, die uns, die langsamen Letzten, schmunzelnd betrachten, als wir endlich näherkommen, bilden wir zweifellos ein überaus komisches Paar, das so gar nicht in diese schöne Gegend passt. Aber was soll's, wir sind ja nur Fremde hier, nur Touristinnen, und für mich ist es heute erst der allererste volle Tag.

In der Ferne zeichnen sich ein paar Häuser ab. »Schau, das ist Kambos. Kannst du noch so weit?«, fragt mich Kathrin. Wie sollte ich nicht können, wenn sie mich so freundlich und liebevoll dazu auffordert. Wir erreichen den Rand des Ortes. Ein Bagger, der halb den Weg versperrt, zerreißt mit seinen lärmenden Grabaktivitäten die Nachmittagsstille. Gegenüber einem halbfertigen Haus, das offenbar an die Kanalisation angeschlossen werden soll, steht, wer weiß wie lange schon, ein in der Hitze angebundener Esel. Schließlich erreichen wir den Dorfplatz, auf dem Straßen und Wege aus unterschiedlichen Richtungen zusammenkommen. Auf einem Mauervorsprung im Schatten eines großen Baumes nehmen wir Platz, um uns auszuruhen und von hier aus Taxis zu bestellen, die uns ins Hotel zurückfahren. Noch ein paar Augenblicke lang sitzen wir hier zusammen, dann neigt sich ein glücklicher Tag seinem Ende zu.

Erstaunlich, wie das Gedächtnis mit größter Präzision arbeitet, vorausgesetzt, dass man ihm seine volle Leistung abverlangt und die Erinnerung will, sucht, braucht. Nicht nur die Erinnerung an dieses und jenes, sondern die Erinnerung überhaupt. Dann flammt sie geradezu auf, als warte sie nur darauf, diesen Schatz erfüllter schöner Stunden zu bewahren, die das Leben so nur einmal schenkt. Sie drängt in die Gegenwart und hat teil an ihr. Wenn sie ausmalt, dann keineswegs beliebig: Sie hebt hervor, strafft und fügt zusammen, was schon bereitliegt und so verbunden werden kann. Der Sinn entsteht ›von rückwärts‹. Das Gehirn macht keinen Unterschied zwischen demjenigen, was es hier und jetzt über die Augen sieht, und demjenigen, woran es sich erinnert. Die zerebralen Abläufe, habe ich gelesen, sind dieselben, beide Vorgänge erscheinen gleichwertig und gleich wichtig. Verknüpfungen, die sich ausschließlich auf einstmals oder jetzt oder später bezögen, kommen nicht vor. Sich streng an den ›Lauf‹ der Zeit halten zu müssen, ist offenbar gar nicht zwingend vorgesehen; stattdessen bietet sich eine unbegrenzte Vielfalt immer neuer Verbindungen zwischen damals und jetzt und hier und dort. Was zum Schluss davon übrig bleibt, dürfte zeitlos sein.

Welch ein sonderbares Zeitbewusstsein, für das alles immer nur verrinnt und versuchsweise als Vergangenes abgehakt wird. Beziehungen aller Art sind, sofern sie denn entstehen, gleich auf Auflösung angelegt und hätten möglicherweise auch vermieden werden können. Den Verlusten immer einen Schritt voraus sein, darauf scheint diese Empfehlung des Vergessens hinauszulaufen. Oder stellt sich der volle Genuss dessen, was sich bietet, erst dann ein, wenn man von vornherein nicht darunter leiden wird, da man sich ohne viel Ballast immer Neuem öffnen und stets aufs Neue Freude daran haben könnte? Doch das Neue kommt ohnehin.

Eine ›Frau ohne Erinnerungen‹ zu sein, ist für mich nur schwer vorstellbar. Ihre Art Glück hätte zu wenig mit mir selbst zu tun.

Registrierung von Glücksmomenten, bevor sie einem streitig gemacht werden. So können sie festgehalten und vor Übergriffen geschützt werden. Die Einsprüche und das Verschweigen kommen erst später zum Zuge. Seltsame Unversehrtheit dieser ersten Stunden, alles liegt vorbehaltlos offen und könnte sich so, aber auch anders entwickeln. Du bei den brennenden Kerzen und ich daneben. Wenn ich jetzt vorsichtig deine Hand in die meine nähme, würde dies noch immer zu dieser Geschichte passen, aber auch zu einer ganz anderen.

Alle diese Eindrücke haben sich mir eingebrannt und sind mir unter die sommerlich gebräunte Haut gegangen. Ich habe keine neue Haut bekommen, weil ich die alte nicht genügend abstreifen konnte, aber ich verfärbe mich gerne und werde täglich dunkler. Meine wenigen Schmuckstücke, die ich trage, fangen zu leuchten an.

Kathrins Devise ist wahrscheinlich Loslassen, versuchsweise Aufgehen in immer neuen Augenblicken, und was vergangen ist, sei vergangen. Weil doch alles vorbeigeht, hat sie einmal gesagt, wobei die Betonung eigentümlich nachdrücklich auf »alles« lag. Es klang so entschieden, als ob nichts dagegen einzuwenden wäre, wie eine sich immer wiederholende Erfahrung, die dann zur Regel erhoben wird. Ich kenne Kathrins Schmerzbiografie und die Spuren, die sie bei ihr hinterlassen hat, nicht: Bewahren wollen, was sich nicht halten lässt, die bange Ungewissheit, die eintritt, wenn man nicht weiß, was bleibt oder ob es hält, was es zu sein verspricht – dies alles tut weh, ja; vielleicht auch, wenn man gar nicht weiß, was Bewahren ist oder sich angelernt hat, nichts mehr bewahren zu wollen. Dass im letzteren Fall die Schmerzen ausbleiben, bezweifle ich sehr.

Kathrin reist gern, winkt immer wieder zum Abschied und mit irgendeiner Yogaübung oder dergleichen schafft sie es offenbar, dann doch oder gerade dann mit sich selbst im Einklang zu bleiben. Ich staune und zolle ihr Bewunderung, sie muss hart und lang an sich gearbeitet haben. Zu den Fingern hin werden ihre Hände äußerst fein, als wolle sie am liebsten nur durch die Luft streichen.

Ich wundere mich: Loslassen passt eigentlich gar nicht zu ihr. Ihre volle und eher bodenständige Gestalt ist wie zur Anwesenheit geschaffen. In der Erinnerung lässt sie sich schon gar nicht auslöschen.

✯ ✯

Arki. Eine Bootsfahrt zur kleinen benachbarten Insel Arki steht an. Fahrtdauer gut eine Stunde in östliche Richtung. Nach dem Frühstück sputen wir uns zum Hafen und steigen über die schmale Landungsbrücke in das Boot ein. Das Boot mit dem Namen *Lambi II* legt ab. Wir, die Frauengruppe, ein paar Einheimische und noch zwei Touristinnen haben uns neben einer Ladung Gebrauchsgüter für die Inselbewohner im halb offenen Zwischendeck niedergelassen. Das Boot zieht zunächst, sobald Skala hinter uns liegt, in rascher Fahrt an einem kurzen Küstenabschnitt von Patmos entlang, manövriert geschickt zwischen ein paar unbewohnten, aus dem Meer aufragenden

Felsengruppen hindurch und nimmt dann Kurs auf Arki. Immer wieder bieten sich neue Ausblicke, einmal auf die weite offene See, dann wieder auf Inseln, die, wenn sie näherrücken, steile, felsige Ufer erkennen lassen oder die, ganz in Dunst gehüllt, in der Ferne mit dem Horizont verschwimmen. Sowohl jene wie diese erscheinen unerreichbar, sei es, weil sie unbewohnbar sind und nicht betreten werden, sei es, weil sie sich immerzu entziehen, da sie sich irgendwo zwischen der Wirklichkeit und den zartesten Gespinsten tagheller Einbildung verlieren. So und nicht anders haben wir es uns auch gewünscht: Wir, die wir in unserer zweiwöchigen Ferienperiode einfach nur ausflugsweise hier herumfahren, wollen nicht mehr und nicht weniger als diese, wenngleich längst vertrauten, so doch immer wieder ersehnten Anblicke. Gewiss, es sind Bilder, die sich längst unserem Inneren eingeprägt haben, aber dennoch verlangen sie stets aufs Neue Bestätigung; die Augen können sehen, dass ihnen die Wirklichkeit entspricht. Mit Klischeesucht hat dies nur vordergründig etwas zu tun, sie hindert uns keineswegs daran, ungestört und in vollen Zügen unsere Umgebung genießend weiterzufahren. ›Inseln der Seligen‹, fällt mir ein, ewige Paradiese für jene ganz Glücklichen, die sich, wenn sie verstorben sind, für immer dort aufhalten können. Ich fände diesen Namen schön, sage ich zu Kathrin. Sie auch, sagt sie. Wir sitzen wieder beieinander, über die Reling gebeugt, und blicken hierhin und dorthin. Am Schiffskörper rauscht das dunkelblaue Wasser entlang. Uns gegenüber sitzt ein junges, wahrscheinlich verheiratetes griechisches Paar. Die Frau ist schwanger, über den Hosenbund der viel zu engen Jeans quillt ihr Bauch hervor, die Bluse passt nicht mehr, was die Frau nicht weiter zu stören scheint, der Mann neben ihr, der werdende Vater, raucht schweigend eine Zigarette, die Frau auch. Beide starren vor sich hin, die Ägäis sind sie schon längst gewohnt, sie gehört zu ihrem Alltag. Uns hingegen bietet sie sich so dar, wie sie auch ist: als ein strahlender Raum voll Wasser und Licht. Erwartungsvoll gestimmt nähern wir uns dem kleinen Hafen von Arki, der am Ende einer tief eingeschnittenen, schmalen Bucht liegt.

Arki hat sich hoffnungsvoll auf Touristen vorbereitet, die bisher nur vereinzelt hierher finden. Ein säuberlich und sichtlich erst kürzlich gepflasterter Platz am Hafen empfängt die Besucher, zwei Tavernen sind noch völlig leer und am Kiosk kauft Christiane, die das Frühstück versäumt hat, als einzige Kundin Joghurt und Wasser für sich ein. Wir versammeln uns und ziehen los. Kathrin will uns zügig über die Insel führen, auf der Suche nach einer herrlichen Badebucht mit klarem, türkisfarbenem Wasser, von der uns Reinhard, ein ortskundiger deutscher Reiseleiter auf Patmos, berichtet hat. Reinhard, der hauptsächlich Maler ist, hat Kathrin mit einer selbst gezeichneten Landkarte von Arki versehen, die uns zur besseren Orientierung dienen soll, aber schon bei der nächsten, der Skizze noch entsprechenden Kapelle verfehlen wir den Weg; ein anderer Weg, den wir einschlagen, hört gänzlich auf. Es ist undeutlich, was die lockere Schraffur auf der Skizze nun eigentlich genau bedeuten soll, einen Pfad, ein Feld oder dichtes Gestrüpp. Die Richtung stimmt zwar ungefähr, aber die leicht hügelige Landschaft mit ihren niedrigen Büschen und Sträuchern versperrt den Blick auf den Küstenabschnitt, an dem sich die Bucht befinden muss. Wie wir genau laufen müssten, wissen wir nicht, wir sind ratlos. Ganz in der Nähe, von dichtem Weinlaub umrankt, steht eine letzte Taverne, die auf der einzigen noch unbewachsenen Wand groß den Namen *Nikos* trägt. Wir beschließen, uns dort nach dem Weg zu erkundigen. Auf der kühlen, umlaubten Terrasse treffen wir eine ältere Frau, die Wirtin, an. Mit allgemeinen Gebärden weist sie uns den Weg in Richtung Bucht, ungefähr dort über die Hügel führe er. Wir verabreden, dass wir nach dem Baden hierher zum Essen zurückkehren und setzen unseren Weg fort. Unterhalb der Taverne stehen direkt am Saum des Wassers des dortigen Küstenabschnitts zwei Pferde, die einander die Hälse wie liebkosend beschnuppern. Den Weg finden wir auch jetzt nicht. Kathrin beschließt, alleine ein Stück vorauszugehen, um das Gelände zu erkunden; wir anderen sollen unsere Kräfte sparen. In der Ferne sieht man sie zwischen allerlei Gestrüpp mit ihrem bläulichen Strohhut und den orangefarbenen Hosen verschwinden. Wir warten, bis sie wiederkommt. Doch auch dieser Abstecher bringt nichts; so irren wir weiter herum. Endlich, bei einem kleinen Gehöft, ist unsere ganze Hoffnung auf einen Bauern gerichtet, der vor die Tür tritt. Er scheint kaum zu begreifen, wie man auf dieser kleinen Insel so nach dem richtigen Weg suchen kann, und weist, als hätte er es mit ausgemachten Dummköpfen zu tun, ein einziges Mal entschieden auf die Hügel zu seiner Linken; das muss reichen. Tatsächlich findet sich schon bald ein angelehntes Gatter, das uns leichten Durchlass gewährt: Vor uns liegt ein offenes, nun leicht abschüssiges Gelände, welches die gesuchte Bucht erahnen lässt. Durch die wilden Sträucher bahnen wir uns einen Weg zu einem alten, großen Olivenbaum in der Ferne. Es ist heiß geworden. Ich habe Christiane meinen orangefarbenen Seidenschal geliehen, damit die Sonne ihr nicht den Nacken verbrennt, er steht ihr gut. Schon an einem der vorigen Tage ist mir aufgefallen, dass Christiane ungewöhnlich schöne, beinahe gelblich schimmernde Augen hat, heute hält sie sie hinter ihrer Sonnenbrille verborgen. Unter dem Baum wollen wir kurz rasten. Alle stehen oder sitzen in seinem Schatten, Kathrin schaut mir ruhig in die Linse meines Fotoapparats. So, wie sie da steht, vital, ausdauernd und dem Baum wie verwandt, folgen wir ihr gerne als unserer Führerin.

Wenn ich das Foto jetzt betrachte, bemerke ich eine kaum wahrnehmbare Zurückhaltung, ja, leichte Abwehr an ihr, als ob sie trotz aller Offenheit und Zugewandtheit letztlich doch immer

Abstand hält. Höchstens der Anflug eines Lächelns, dahinter Schweigen, so als habe sie sich ganz leise, damit es niemand hört, vielleicht auch sie selbst nicht, einen Riegel vorgeschoben. Als ob sie etwas verschlossen hält, etwas, was sich möglicherweise der Mitteilbarkeit entzieht und bislang, auch in der Tiefe des Körpers, unberührt geblieben ist. Eine Frau mit Schild, denke ich unwillkürlich, und jetzt beinahe wie ein Mann. Es fällt mir schwer, das Foto wieder zur Seite zu legen.

Mit genügend Übung, bilde ich mir ein, könnte man einen solchen großen, alten Olivenbaum atmen hören, vielleicht im Einklang mit dem nur ganz leise vernehmbaren Wind. Ich stelle mir vor, wie es wäre, wenn man diese ganze, zweifellos vorhandene wundersame Feinstruktur in der Natur mitbekäme und entdeckte, wie sehr und wie selbstverständlich man in sie einbezogen ist. Ein solcher Baum könnte einen veranlassen, vor Ort irgendwie selbst ›Wurzeln zu schlagen‹ und hier einfach nur verweilen zu wollen – in einer Art Atemaustausch.

Wir brechen zum letzten Abschnitt unseres Weges auf, erreichen die Küste und folgen einem kaum erkennbaren Pfad, der sich zwischen großen, hellen Steinen direkt am Wasser hindurchschlängelt, bis unsere gesuchte Bucht vor uns liegt. Außer uns befindet sich hier nur noch ein nacktes Paar, das sich gerade bäuchlings sonnt. Der Strandstreifen ist äußerst schmal und gestattet es nur wenigen Menschen, sich hier aufzuhalten; noch verweigert sich diese Stelle aufgrund ihrer natürlichen Bedingungen dem Andrang vieler. Unter den wenigen niedrigen Bäumen müssen wir uns den Schatten teilen, er reicht jetzt in der Mittagssonne gerade noch für uns aus. Kathrin und mir fällt der letzte übrig gebliebenen Platz zu. Sie bietet mir freundlich an, zusammen mit ihr auf ihrem großen, türkisblauen Tuch auszuruhen, ich jedoch ziehe mein kleines, viel zu kleines Handtuch vor und lege mich, ihr nahe, hin. Über uns haben sich ein paar Schleierwolken am Himmel gebildet.

Nun könnte ich einfach schreiben, dass ich, verführt von dieser unerwarteten Nähe, schon damals bei ihr hätte liegen wollen, dass ich aus Scheu nicht gewusst habe, wie ich mich ihr noch mehr hätte nähern sollen, dass ich auch sie nicht in Verlegenheit bringen wollte und überhaupt, dass ich auf uns alle und unseren schon verplanten Nachmittag Rücksicht genommen habe, damit bloß nichts durcheinandergeriete. Oder dass ich ihr gerade nicht zu nahe kommen wollte, viel zu erstaunt über dieses fortwährende unbeabsichtigte und unbesprochene Zueinanderfinden war und dass mich diese Nähe jetzt einfach fassungslos machte. Erklärungen dieser Art gibt es zur Genüge, irgendwie gleichen sie sich immer. Aber sie treffen nicht das Richtige. Etwas, was keinen Namen hat, hatte sich zwischen uns entsponnen und zog sich unaufhaltsam zusammen. Ich weiß gar nicht, was ich wollte, sollte, konnte. Die Worte fehlten mir ohnehin, ebenso jegliche Verhaltensvorgabe. Sie ansehen, sie anlächeln, sie berühren? Wie denn und wozu denn? Und sie? Warum sollte sie sich mir, die sich überhaupt nicht rührte, zuwenden? Regungslos in dieser stillen Mittagsstunde darauf warten, was kommen könnte und was sich vielleicht ganz neu zwischen uns ereignen würde – auch wenn es vorerst nur zu sprachlosem sich Anschauen führte.

Dem Anschein nach ruhen wir bloß unter unserem Baum aus. Lediglich das Atmen setzt sich leise fort, ist vielleicht in seinem Rhythmus schneller geworden. Sie müsse erst zu sich kommen, sagt Kathrin dann nach einer Weile, und sich an die Stelle, wo sie sich gerade befinde, gewöhnen. Das sei so ihre Art. Ich beschließe, wenngleich zögernd, ins Wasser zu gehen. Einige von uns schwimmen schon, zwei weit draußen. Ute hat sich zu einem winzigen Punkt zusammengezogen, der sich in dieser Entfernung kaum noch zu bewegen scheint, sie kann sich entspannt von ihren Gehversuchen erholen. Langsam tauche ich in mein, wie ich scherzend der jungen Henriette zurufe, ›mütterliches‹ Element ein. Dieses Wort hätte ich mir auch sparen können, denn was besagt es schon. Ja, ich fühle mich wie befreit, kann mich bewegen, wohin und wie ich will, scheuche kleine Fische auf und lasse sie, nachdem sie sich beruhigt haben, wieder auf mich zuschwimmen, bis sie mich beinahe berühren. Im Wasser gibt es keine festen Regeln, kaum Widerstand, willig und freundlich reagiert das anschmiegsame Element, das einen in allem begleitet, gönnt einem die spielerische Freisetzung der eigenen Kräfte und hält diesseits und jenseits der Oberfläche ungeahnte Möglichkeiten bereit. Unten am Grunde wirken sogar die Steine weich, auf die man die kühl gewordene Stirne legen könnte. Das Auftauchen verzögert sich um ein paar Augenblicke.

Henriette hat heute keine Lust zum Baden und hat sich nicht umgezogen, Christiane, versehentlich ohne Badezeug, hat in Unterhose geschwommen und sich inzwischen daran gewöhnt, dass sie hier als einzige von uns barbusig herumläuft. Brigitte, die unauffällig als Erste ins Wasser gegangen ist, ist schon längst vom Schwimmen zurückgekehrt und sitzt wieder angezogen unter ihrem Baum; ihr Blick ist, wie so oft, still irgendwohin in die Ferne gerichtet. Dann kommt auch Kathrin und begibt sich, angetan mit Schwimmschuhen und Schwimmbrille, ins Wasser. Schnell und geübt zieht sie mit kräftigen Schlägen davon und ist schon bald inmitten der Wasserfläche kaum noch zu finden. Ich frage mich ein wenig besorgt, ob ich sie nicht im Auge behalten soll, und beobachte, wie sie an einer gegenüberliegenden kleinen Insel an Land steigt und sich dort ausruht. Die Sorge scheint unbegründet, ich schaue nicht mehr zu ihr hin. Als sie zu uns zurückgekehrt ist, legt sie sich dicht am Wasser auf den Strand, um sich von der Sonne aufwärmen zu lassen. Merkwürdig, ein Vergnügungsboot, das plötzlich vor uns in unserer Bucht auftaucht und badelustige Männer von Bord springen lässt, scheint sie irgendwie aufzuschrecken, sie steht auf und zieht sich etwas höher, in die Nähe von uns, auf den Strand zurück, als ob wir Frauen ihr Schutz böten. Aber vielleicht irre ich mich. Nur zögernd entschließe ich mich, ein Foto von ihr zu machen, das eigentlich, ganz vorsichtig und unbeholfen, als eine Liebkosung gedacht ist, so, wie sie jetzt da sitzt: weich, sehr weiblich, nicht mehr ganz jung und vor irgendetwas auf der Hut.

Wir brechen zum Rückweg auf. Herumzuirren brauchen wir nicht mehr. Unterwegs begegnen wir zwischen den Büschen einer schönen einzelgängerischen Ziege, die uns aus den Augenwinkeln beobachtet und nicht daran denkt, uns auszuweichen. Dann haben wir überraschend schnell unser Ziel erreicht, die *Nikos*-Taverne, wo sich inzwischen noch ein paar andere Gäste, Griechen, eingefunden haben. Wir nehmen an einem großen Tisch Platz, von dem aus man durch die Weinranken hinunter zum Meer blicken kann, das dort ruhig ausgestreckt im Nachmittagslicht liegt. Am Saum des Wassers stehen immer noch die beiden Pferde und beschnuppern sich wie liebkosend, genauso wie vor ein paar Stunden. Nikos, der Sohn des Hauses, zählt auf, was es alles zu essen gibt. Wir bestellen Kalamari, griechischen Salat, Imam, Pommes frites, Wasser und Christiane braucht erst einen starken Kaffee. Kathrin sitzt wieder neben mir. Zwischen Ute und Helga entbrennt ein kleiner, nicht weiter ernst zu nehmender Streit, weil Ute sich an Helgas Wasserflasche vergriffen hat, die als Reserve für die kommende Nacht im Hotel bestimmt war. Das Essen wird aufgetragen, köstlich ist es und frisch. Ich esse dasselbe wie Kathrin, Imam, ein in Öl gesottenes Gemüsegericht, wahrscheinlich türkischen Ursprungs, das inzwischen selbstverständlich zur griechischen Speisekarte gehört. Ute hat sich wahre Essensberge vorsetzen lassen und kaut mit erstaunlicher Konzentration vor sich hin. Als sie meinen Blick auf sich gerichtet fühlt, bietet sie mir höflich an, von ihren Kalamari zu kosten, was ich nicht verschmähe; ich verkneife mir ein Lächeln über ihre außergewöhnliche Esslust, schäme mich kurz und lange dann doch kräftig zu. Christiane wirkt auch nach ihrem Kaffee noch erschöpft. Still und in der ihr eigentümlich aufrechten Sitzhaltung betrachtet Brigitte durch das Weinlaub hindurch die Landschaft. Ihre Augen hinter ihren Brillengläsern wirken immer zugleich hellwach und träumerisch. Zu diesem Zeitpunkt weiß ich noch nicht, was für eine begabte Malerin sie ist, bisher hat sie noch gegenüber niemandem etwas darüber verlauten lassen.

Noch hält uns der Tag als Gruppe zusammen, aber viel miteinander geredet wird nicht, wohl auch weil uns die gemeinsamen Tageserlebnisse müde gemacht haben. Ob jemand außer mir Kathrin schon von einem früheren Urlaub her kenne, erkundige ich mich zwischendurch. Nein, dies sei bei niemandem der Fall, man habe sie, die Reiseleiterin, erst hier kennengelernt, bekomme ich kurz als Auskunft. Dann herrscht wieder Schweigen am Tisch. Unwillkürlich lege ich meine Hand auf Kathrins Arm, warm und liebevoll nimmt sie sie in die ihrige – eine überraschende, wortlose Verständigung und so offen und aufrichtig, dass alle sie hätten bemerken können.

In all seiner Anspruchslosigkeit sitzen wir an einem einzigartig schönen Ort, der jetzt von Licht und Schatten umspielt, wenn ein feiner Luftzug durch die Weinranken fährt, reinste, unbeschwerte Heiterkeit ausstrahlt. Eigentlich ein Ort zum Übernachten, sagt auf einmal jemand von uns und jemand anderes, dass man hier irgendwie aus allem herausgelöst sei, was einen sonst umgibt, und sich wie aufgehoben fühle. Dass so etwas überhaupt noch bestehe, ein so unverdorbenes Stückchen Welt, und dass man sich nur eine Stunde weit mit einem Schiff zu entfernen brauche, um hierher zu gelangen.

Nikos überrascht uns mit einer Zugabe: kleine, frittierte Fische. Es bedarf einiger Übung, sich den Mund nicht mit lauter Gräten zu füllen. Dann, Nikos macht uns sprachlos, stellt er mehrere Schüsseln mit aufgeschnittenen Seeigeln vor uns hin: Leicht bewegen sich zu Helgas Entsetzen hier und da noch die Stacheln und in den gewaltsam geöffneten Körperkelchen schwimmen zarte, orangefarbene Gewebestückchen in einer schwärzlichen Flüssigkeit. Das Ganze muss ausgelöffelt werden. Die Flüssigkeit schmeckt herb und salzig wie das Meer, die Gewebestückchen sind überraschend lecker. Einige von uns verzichten, mehr oder weniger angewidert von diesem Anblick, auf diese Geschmackserfahrung, die doch von Nikos als überaus gastfreundlicher und festlicher Abschluss unseres reichhaltigen Mahls gedacht ist. Wir nehmen Abschied von ihm und merken uns seine Taverne als Geheimtipp für den Fall, dass wir irgendwann einmal hierher zurückkehren und dass dieser Ort in Zukunft mehr ist als bloß eine Erinnerung.

Ich selbst werde nicht dorthin zurückkehren oder nur dann, wenn alles in der Erinnerung ausgelöscht wäre: wir an Nikos' Tisch, die beiden Pferde, die schöne Ziege, die sich nicht von der Stelle rührte, und du, wie du im rötlichen Badeanzug und mit bläulichen Badeschuhen ins Wasser gegangen und davongeschwommen bist. Wenn in der Erinnerung tatsächlich alles leer wäre, ja, dann wäre Platz für neue Eindrücke. Bislang aber glaube ich sogar noch das Rascheln der feinen, scharfen Gräser zu hören, die sich hinter unseren Wanderschritten immer wieder zusammenschlossen, und ich denke an das lautlose Atmen des alten Olivenbaums.

Das Boot *Lambi II* wartet schon auf uns. Direkt, nachdem wir eingestiegen sind, und noch vor der festgesetzten Abfahrtszeit fährt es hastig, als könne es gar nicht schnell genug wegkommen, los, lässt Arki im schäumenden Wasser hinter sich zurück und nimmt Kurs auf Patmos. An der Anlegestelle einer kleinen Nachbarinsel steigen noch ein paar Touristen hinzu. Ein skandinavischer Mann, der sichtlich stolz ein Handy als Armbanduhr trägt – offenbar ein neuester Modeartikel –, setzt sich mir gegenüber neben seine skandinavische Frau. Eine weiß gekleidete Engländerin bewundert an Christiane meinen orangefarbenen Schal, den sie immer noch umgebunden hat und der sich jetzt im Fahrtwind um sie bläht. Christiane weist auf mich, nein, der Schal gehöre nicht ihr, sondern mir. Am Heck liegt ausgestreckt Brigitte und scheint im Schaukelrhythmus des Bootes zu schlafen. Noch mehr neuer Eindrücke, die die gerade gewonnenen verdrängen könnten, bedarf sie offenbar nicht, vielleicht sinken ihr auch die alten, zumindest zeitweise, weg. Es ist gut so, jedenfalls für diesen Augenblick.

Kathrin und ich sitzen wieder zusammen. Wir freuen uns am Spiel der Wellen, am Auftauchen und Weggleiten der kleinen und allerkleinsten Inseln, als ich kurz überlege, ob ich nicht doch meine rosa Sonnenkappe, die ich immer weniger an mir leiden kann, wegwerfen und einfach hier dem Wasser überlassen soll, da sagt Kathrin, dass sie sie hübsch findet und dass sie mir gut steht; ich setze sie wieder auf. Gleichzeitig erfahre ich, dass Kathrin ursprünglich Modezeichnerin oder Modeschneiderin hat werden wollen, auf jeden Fall »etwas mit Textilbearbeitung«. Ob sie die Ausbildung absolviert hat, weiß ich nicht mehr. Sie ist jetzt etwas anderes geworden, »stattet« sich und andere, wie ich es ein wenig scherzhaft nenne, »im Inneren aus«. Das gefällt ihr, sie freut sich und lacht. Entspannt und glücklich schauen wir über die Reling. Als wir Patmos erreicht haben und über die Landungsbrücke wieder Fuß an Land setzen, geht jetzt am Abend in der noch immer heißen Sonne ein weiterer herrlicher

Tag langsam zu Ende. Zum Glück haben wir noch das gemeinsame Abendessen vor uns.

☆ ☆

Heute steht nichts auf dem Programm. Kathrin hat frei, wir sind uns selbst überlassen und können tun, was wir wollen. Ich habe mich entschlossen, nach Chora hoch zu fahren, dem Hauptort der Insel, der sich im Laufe der Jahrhunderte wie ein Kranz aus weißen Häusern um das *Johannes-Kloster* gelegt hat. Danach werde ich das Kloster selbst besichtigen, das ich bislang nur aus der Perspektive des Frühstückstisches unserer Hotelterrasse kenne: ein fernes, durchaus bemerkenswertes Gebilde, das über Chora hinausragt, aber für mich nicht so interessant war, als dass ich sofort dorthin hätte eilen müssen. Ein Taxi holt mich ab, wir fahren entlang des Hafens von Skala und biegen dann in die Asphaltstraße ein, die in immer neuen Windungen nach Chora hoch führt. Der alte plattenbelegte Stufenweg, der ebenfalls Skala mit Chora verbindet und auch als Esels- und Maultierpfad benutzt wurde, ist nicht zu sehen. Von dieser Straße aus habe man einen der schönsten Überblicke über Patmos, hat man mir gesagt.

Es ist wahr, tief unten liegt jetzt das weiße Skala hingestreckt, bereit für den Empfang eines Kreuzschiffs, das hell im Morgenlicht in der Bucht vor Anker gegangen ist; zwischen den Hügeln der Insel schauen, ebenfalls weiß leuchtend, andere Ortschaften und verstreute Siedlungen hervor, als wollten sie alle wie in einem freudig gestimmten Chor grüßen. Von hier aus kommt auch ein eigentümlicher Charakterzug der Insel zum Vorschein: Hügel und Täler wechseln in schneller Folge, und da die Insel so schmal ist und an manchen Stellen mit gerade einmal ein paar Hundert Metern Breite geradezu eingeschnürt wirkt, scheint das Land nicht kontinuierlich verbunden zu sein, sondern immer wieder, mehr oder weniger abrupt, ins Wasser wegzugleiten. Was relativ weit entfernt voneinander liegt, ist gleichsam zusammengezogen, Übergänge bleiben unklar. Schon beim Wandern ist mir aufgefallen, dass man, wenn man sich gerade noch auf einer Anhöhe gewähnt hat, im nächsten Augenblick schon unten in einem tiefer gelegenen Feld oder an einer Bucht angelangt ist; der Wechsel hat sich so schnell vollzogen, dass er fast nicht ins Bewusstsein dringt. Körperliche Anstrengungen erfordert diese Insel kaum, im Gegenteil, sie macht es einem seltsam leicht, sich hier zu bewegen. Oben am Rand von Chora fühlt man sich in eine Art Schwebezustand versetzt: Die Ortschaften und kleineren Siedlungen, die Erhebungen und Ebenen bleiben in ihrem Verhältnis zueinander eigentümlich unbestimmbar, sind zugleich nahe und fern, oben und unten, es ist eine nicht festgelegte Welt.

Einmal, an einem meiner letzten Tage hier auf der Insel, als Kathrin schon abgereist war, brach ein Sturm los, der die Ägäis aufpeitschte, was ich oben von Chora aus, über eine Mauer gebeugt, verfolgte. Der Wind wurde wie durch ein Loch im Himmel angeblasen, hatte mit Riesengewalt in das Wasser gegriffen und es fehlte nicht viel, und er hätte die umringenden Nachbarinseln einfach verschoben. So lagen sie da, beinahe vom Grunde losgerissen, umtost von Wellenkämmen und beschienen von einem letzten bläulich roten Licht der gerade untergegangenen Sonne, als gehörten sie eher einer Vision als der Wirklichkeit an. Patmos hat mindestens zwei Gesichter, sagt man, das eine, tief religiöse und geheimnisvolle der Offenbarung, das andere eher profane. Die Höhle, in der der Heilige Johannes die Apokalypse erschaute, liegt, inzwischen von einem Klosterkomplex umgeben, auf halber Höhe an der Asphaltstraße nach Chora. Heute bin ich daran vorbeigefahren.

Chora ist zusammen mit dem Bau des *Johannes-Klosters* entstanden, das aus dem Ende des 11. Jahrhunderts datiert. Ab dem 12. Jahrhundert durften sich dann die Baumeister, Handwerker und Arbeiter, die aus anderen Gegenden für die Errichtung des Klosters angeworben wurden, sowie auch die Soldaten, denen die Verteidigung des ganzen Unternehmens oblag, direkt unterhalb der Klostermauern ansiedeln. Ihre Häuser bildeten eine Art Schutzgürtel um das Kloster und das Kloster bot seinerseits mit seinen mächtigen Festungsmauern der Bevölkerung Schutz, vor allem vor den zahlreichen Überfällen von Piraten, die sich vorzugsweise aus kleinasiatischen Gewässern näherten. Im Laufe der nächsten Jahrhunderte zogen, infolge osmanischer Eroberungen, immer wieder Flüchtlinge aus Konstantinopel, Rhodos und schließlich Kreta hierher, da das Kloster sich dank seiner geschickten Diplomatie, trotz zeitweiliger Besetzung, stets eine relative Freiheit und das Recht auf uneingeschränkten Handel sichern konnte. Die Flüchtlinge waren nicht selten wohlhabende Leute, die nun den Ring einfacher Behausungen durch zwei- bis dreistöckige Herrenhäuser erweiterten und eigene Ortsteile ausbauten, nachdem sie den Mönchen das alleinige Recht auf Boden und Handel erfolgreich streitig hatten machen können. Kapitäne, die sich östlich des Klosters niedergelassen hatten, konnten von dieser Seite aus ihre Schiffe im Auge behalten, welche im Hafen vor dem heutigen Skala lagen. Nichtsdestotrotz blieb das Kloster immer der unbestrittene Mittelpunkt im Leben der Bewohner des Ortes, das Zentrum der religiösen Feste und Feierlichkeiten, außerdem diente es als Bank, Grundbuchamt, Notariat und gelegentlich auch als Gericht.

Chora empfängt mich weiß in weiß und verbreitet trotz mancher Touristen eine gedämpfte, ruhige Atmosphäre, die der Erhaltung des Charakters dieses Ortes zugutekommt. Das Weiß der Wände, Dächer und teilweise auch der Stufen ist so allgegenwärtig, dass man kaum bemerkt, dass die Gassenböden mit nicht weißen Gesteinsplatten bepflastert sind. Ich biege in eine der vordersten Gassen ein, sie führt mich in die nächste, an deren abschüssigem Ende, das durch drei Stufen markiert ist, ich mich entscheiden muss, ob ich nach rechts oder links, eher aufwärts oder eher abwärts gehen möchte. Was macht es schon aus. Die Fassaden der aneinandergebauten niedrigen und höheren Häuser vermitteln einen geschlossenen, aber nicht abweisenden Eindruck. Weiß hält die Mitte zwischen einladend und abwehrend. Ab und zu bietet sich mir durch ein offen stehendes Tor ein Durchblick in einen Innenhof, blumengefüllte Kübel überraschen in ihrer satten Farbigkeit, ein Mann streicht konzentriert einen Türrahmen an. Alles wirkt außerordentlich gepflegt, die Bewohner scheinen an ihrem Ort zu hängen, den sie, auch unabhängig von der Notwendigkeit, hier von Touristen leben zu müssen, offenbar liebevoll instand halten. Chora, das als Weltkulturerbe unter dem Schutz der UNESCO steht, ist keine museale Gebäudeansammlung, sondern hier, in einem organisch gewachsenen Ganzen, leben, wie schon seit Jahrhunderten, Menschen ruhig und unauffällig unterhalb des *Johannes-Klosters* und sorgen dafür, dass im Zuge der Entwicklungen doch so weit wie möglich alles bleibt, wie es war.

Ich bin auf der Suche nach dem kleinen Frauenkloster *Zoodochos Piji.* Die Gasse gabelt sich in eine, die, immer wieder von Stufen unterbrochen, ziemlich steil abwärts führt, und in eine, die weniger abschüssig ist. Ich entscheide mich für die letztere. Ein paar Schritte weiter hängt ein kleines Schild an einer Hauswand mit dem Namen des Klosters und einem Pfeil darauf, der die Richtung angibt. Noch ein paar Windungen der jetzt wieder leicht ansteigenden Gasse und dann gibt ein Torbogen den Blick auf das Kloster und den Durchgang dorthin frei. Ich trete in den Vorhof. Eine Fülle von Blumen umgibt mich: Hibiskus, Oleander, Bougainvilleen, Geranien und Rosen, in Kübeln, Töpfen, über Spaliere gespannt und an den strahlend weißen Mauern emporrankend. Es ist völlig still. Ein eisernes Gitter verwehrt den Zugang zum eigentlichen Kloster inmitten eines noch üppiger blühenden Gartens, man meint, tatsächlich an der Pforte eines kleinen Paradieses zu stehen, das an versteckter Stelle von Chora gedeiht. Durch eine Glocke, an der ein Tau zum Ziehen befestigt ist, kann ich mich bemerkbar machen, ich möchte in die Kapelle gehen, die den Vorhof seitlich begrenzt. Auf mein Läuten hin erscheint aus einem Seitengebäude eine Nonne, die mir, der Besucherin, so verlangt es die Sitte, die Kapelle aufschließen muss, aber sie wird dies heute nur unwillig und kurz tun, weil sie es allem Anschein nach eilig hat und sich gestört fühlt; wenn ich mich nicht irre, habe ich sie gerade durch ein geöffnetes Fenster telefonieren hören.

Das Innere der Kapelle ist mit jahrhundertealten byzantinischen Fresken ausgemalt, die so vielfältig und bedeutungsvoll die Wände und das Gewölbe überziehen, dass ich mir in der Kürze der Zeit kaum Einzelheiten merken kann. Die Nonne steht ungeduldig hinter mir, kaum schaffe ich es, meine Blicke frei im Raum schweifen zu lassen und irgendetwas in mich aufzunehmen. Es ist mir, als wären in den vom Alter stark angetasteten bläulichen, bräunlichen und rötlichen Tönen die Heiligen in Bewegung geraten und als würden sie unaufhaltsam verblassend demnächst für immer ins Gemäuer entschwinden. Ein Kontakt zwischen den Kapellenbesuchern und ihnen wird sich bald nicht mehr herstellen lassen, wenn sich hier nicht schnell Restaurateure an die Arbeit machen. An manchen Stellen sind nur heilige Sterne auf inzwischen schwärzlich-schmutzigem Grund übrig geblieben; es wird nicht mehr lange dauern, bis der Himmel um sie herum leer ist. Irgendwie finde ich vor allem dies bestürzend, diese Sterne ohne jeden Bezug. Ich muss die Kapelle verlassen, die Nonne drängt mich geradezu hinaus und zieht hinter mir das Portal zu. Einen Augenblick lang bleibe ich noch auf einer steinernen Bank sitzen, betrachte die Blumen und beschließe zu gehen. Wie ich von Kathrin gehört habe, muss es hier auch eine freundliche Nonne geben, die sich für

Touristen alle Zeit nimmt und ihnen gönnt, in Ruhe in der Kapelle zu verweilen. Vielleicht ist es ja sie, die ich auf einem Foto in meinem Reiseführer entdecke, eine ältere Frau mit schönem Antlitz, welche gerade vor die Tür eines Klostergebäudes getreten ist und einer Katze nachschaut, die hinter einem blühenden Rosenstrauch verschwindet.

An der Gabelung der Gasse wähle ich jetzt den Weg, der steil abwärts führt, ich will noch zum *Evangelismos-Kloster*, dem größten Frauenkloster der Insel. Die Klosterkirche soll vor ein paar Jahren von einer Nonne ganz in byzantinischem Stil ausgemalt worden sein; dieselbe oder, was mir nicht deutlich ist, eine andere Nonne ist überdies eine bekannte Ikonen-Malerin. Wo sich das Kloster genau befindet, weiß ich nicht, ein mir entgegenkommender oder, besser gesagt, entgegenklimmender Mann weist über seine Schulter zurück: »Immer weiter nach unten!«, glaube ich zu verstehen. Ich erreiche den westlichen Rand von Chora und da liegt es, ganz in der Ferne, vor einer Bucht. Ich müsste noch eine gehörige Strecke entlang ein paar Feldern und Äckern wandern und erst dann käme ich in jener Einsiedelei an. Es ist heiß geworden, der Weg ist mir zu weit und außerdem wird es zu spät, denn das Kloster lässt zur Mittagszeit niemanden ein. Ich kehre um und gehe zurück nach Chora. Es gibt hier noch andere kleine Klöster und zahlreiche Kapellen und Kirchen, die unauffällig in den Häusergürtel eingebunden sind; nur ein niedriger oder höherer Glockenturm, dessen man unerwartet ansichtig wird, verrät sie dann.

Eine bestimmte Kirche, die ich gerne hätte besichtigen wollen, habe ich mir weder heute noch später angesehen: die *Panajia i Diasosousa*. Sie ist berühmt wegen ihrer wundertätigen Ikone der Gottesmutter. Nur ein Foto ist mir bekannt: Die Gesichter der göttlichen Mutter und des göttlichen Kindes tauchen beinahe schwarz aus einer gewebe- oder auch schildartigen Schicht Silberblechs auf, welches den Schein zahlloser brennender

Kerzen aufgefangen hat und still inbrünstige Bitten weiterleitet. Jedenfalls dieser Eindruck wird aufs Intensivste erweckt. Das Silber schirmt das immaterielle Heilige ab und ist doch zugleich durchlässig für seine erstrahlende Nähe, die geheimnisvoll die Begegnung mit einer anderen Welt verheißt, sei es auch unter Vorbehalt. Der Altar um die Ikone herum ist über und über mit Votivgaben behangen: kleine in Metall gearbeitete menschliche Gliedmaßen, Augen, Herzen, Männer- und Frauenfiguren, und direkt vor der Gottesmutter liegt, wie abgeschlagen, eine einzelne lebensgroße Holzhand, vielleicht darauf wartend, dass sie angenommen wird, vielleicht wurde sie auch schon wieder zurückgelegt. Der Blick des Betrachters trifft immer nur auf den immer gleichen Blick dieser dunklen heiligen Mutter, die ihn nur indirekt erwidern kann. Auch das Kind rührt sich im Kerzenschein nicht.

Zum *Johannes-Kloster* ist es nicht mehr weit, der Eingang befindet sich auf der Nordseite, ist allerdings nur durch eine steil ansteigende Gasse und über eine noch steilere Treppe zu erreichen. Die festungsartige Umfassungsmauer, die aus dem lokalen graubraunen Stein errichtet wurde, erhebt sich in starkem Kontrast über der weißen Chora und reißt geradezu diesen organisch gewachsenen Häuserkörper unter ihr auf. Der architektonische Gestus ist streng, herb, abweisend, so ganz anders als Chora, wo auch noch die aneinandergrenzenden Dächer der Häuser um Nähe und Zusammensein bemüht zu sein scheinen. Hinter der Mauer, in seinem Innenbezirk, ist das Kloster jedoch wieder völlig weiß getüncht.

Warum hat sich der Heilige Christodoulos, der Gründer des Klosters, ausgerechnet Patmos ausgesucht? Sicher, auch er musste wie viele andere Christen seiner Zeit aus Kleinasien vor den Seldschuken fliehen und dem damaligen byzantinischen Kaiser, der Christodoulos das Recht verliehen hat, auf Patmos das Kloster zu errichten, kam es sehr gelegen, dass hier ein

Bollwerk gegen das Vordringen der Feinde aus dem Osten entstand. Selbstverständlich wird den Heiligen die Insel auch als Stätte, an der den großen Heiligen vor ihm, Johannes, die Offenbarung überkommen ist, angezogen haben. Damals, als Christodoulos gegen Ende des 11. Jahrhunderts hierher gelangte, war Patmos infolge vorausgegangener kriegerischer Verwüstungen schon längere Zeit menschenleer. Vermutlich gab es hier noch eine reichere Vegetation als heute, vielleicht sogar ein Stück Wald, aber der allgemeine Charakter der Insel, das eigentümlich Zurückhaltende, bisweilen sogar Spröde, wird ähnlich gewesen sein. War es auch dies, was Christodoulos hierher zog? Oder die seltsame, unentscheidbare geographische Schwebelage zwischen oben und unten, nahe und fern, die den Ort dem festen Zugriff entzieht, so dass er wie geschaffen für die Augen von Visionären zu sein scheint? Mit dem Kloster, das auf der höchsten Erhebung der Insel steht, sollte offenbar zweifelsfrei die Höhe markiert werden, zumindest an dieser Stelle gibt sie den Maßstab für alles Übrige an. Hier wurden Christodoulos' Gebeine zur ewigen Ruhe beigesetzt.

Ich betrete den Klosterhof, die Arkaden, unter denen es sich angenehm sitzen lässt, laden dazu ein, zunächst im Reiseführer eine Übersicht über den ganzen Gebäudekomplex mit seinen unterschiedlichen Ebenen, Hallen und engen Korridoren zu gewinnen. Ich werde mir heute keineswegs alles ansehen, nehme ich mir vor, sondern nur dasjenige, was mir einen ersten Eindruck verschafft, was meinen Blick anzieht, später vielleicht einiges vom Rest. Der Klosterhof wird auf drei Seiten von Wirtschafts- und Zellentrakten umstanden, auf der vierten, der östlichen, befindet sich das heilige Zentrum des Klosters: die äußere und innere Vorhalle der Klosterkirche, die Kirche selbst und, südlich an sie grenzend, eine Marienkapelle, die Kapelle der *Panajia*, daneben die Kapelle des Klostergründers Christodoulos. Auf der nördlichen Schmalseite der äußeren Vorhalle gewahre ich auf einem Fresko eine dicht aneinandergedrängte Menschenmenge: bis auf ein Lendentuch entblößte magere Leiber von Männern. Sind es Asketen oder schon Verstorbene, die im Zuge der Auferweckung dem Pantokrator über ihnen entgegensteigen werden? Es handelt sich um vierzig Märtyrer, schreibt mein Reiseführer. Der Maler hat ihnen nur äußerst zurückhaltend eine blasse Fleischfarbe und einen schwärzlich blau angelaufenen Himmel gegönnt, auf den in dieser halb verborgenen Ecke des Klosters wohl kaum ein Sonnenstrahl fällt. Doch gerade dies macht dieses Fresko eigentümlich unübersehbar, geradezu erschreckend, man ist hier tatsächlich, trotz des freundlichen Klosterhofs, in einer Welt angelangt, die Abgeschiedenheit fordert und die dem Blick streng vorgibt, worauf er sich zu richten hat.

Schon hier, wenngleich noch von dicken Mauern abgeschirmt, macht sich durch die Öffnungen der inneren Vorhalle hindurch das Gold der Ikonostase der Klosterkirche bemerkbar, das einem in Ausschnitten entgegenschimmert und unweigerlich die Aufmerksamkeit auf sich zieht. Von vornherein nicht wie ein Schatz, der Neugierde oder gar Begehren erweckt, sondern eher wie ein unaufdringlicher, aber äußerst wirksamer Wink, dem Folge zu leisten ist. Auf dem dämmrigen Weg dorthin scheint alles ins Nebensächliche wegzufallen, ich kann mich nicht erinnern, davor, rechts oder links, überhaupt etwas wahrgenommen zu haben.

Wenn man den Kirchenraum betritt, ist es nicht nur die überwältigende Fülle der reich vergoldeten Holzverzierungen, sondern vor allem ihr Glanz, der einen, vermischt mit dem Aufblitzen der riesigen silbernen Leuchter und mit den brennenden Kerzen der Kandelaber, wie in einen Rausch hineinzieht und umhüllt. Dies geschieht so schnell und mit solcher Leichtigkeit, dass das Außerordentliche dieses Vorgangs zugleich auch wie selbstverständlich wirkt; so ist es vorgesehen und so muss es sein, wenn man sich dem Allerheiligsten nähert. Der Raum weicht auf allen Seiten zurück oder verschmilzt mit diesem Licht, man ist irgendwo oder, gemessen an vertrauten Orientierungen, nirgendwo und soll und kann an diesem Aufscheinen, das sich im Dunkeln ausbreitet, teilhaben. Dass es sich um transformierte, spirituelle Energie handelt, die einen ergreift und irgendwie auflöst, wird annehmbar oder zumindest lässt sich der Zweifel daran hier nicht weiter verfolgen; dieses Licht gestattet kein Nachdenken in abgesonderter Position. – Hoch in der Kuppel schweben schattenhaft Fresko-Heilige, ein ferner, gekreuzigter Christus blickt von der höchsten Stelle der Ikonostase herab auf die Heilige Pforte, die ein tiefroter Vorhang verschlossen hält. Nur die Taube des Heiligen Geistes darf sich golden auf ihm niederlassen. Links und rechts der Pforte befinden sich wie üblich die großen Ikonen der Gottesmutter und des auferstandenen Christus, flankiert von denjenigen des Erzengels Michael und des Evangelisten Johannes, den der Adler begleitet. Aus der aufgeschlagenen Heiligen Schrift in den Händen des Evangelisten leuchten einem die Worte als ewig gültige Wahrheit entgegen. Hier auf diesen großen Kultbildern thronen die Mutter und ihr Sohn wahrhaft königlich und sollen die Majestät des Gottesreiches erahnen lassen. Die gedämpfte Glut der Farben, die feierliche Erhabenheit der Komposition und der ins Grenzenlose weisende Goldgrund jenseits aller Räumlichkeit künden von einer dahinter liegenden noch schöneren, noch prächtigeren Wirklichkeit und sind strahlender Vorschein der gänzlich vollendeten, makellosen Urbilder. Kunst wird zum transzendierenden Ereignis, sie ist Gottesdienst. Ikonen markieren eigentlich keinen Ort, meinen nicht sich selbst, sondern in der Zone der Ikone greift das Sichtbare immer ins Unsichtbare, das sich im Licht- und Farbenreflex als spirituelle Kraft dem Gläubigen mitteilt, damit er sich verbunden fühlen und sich auf das heilige Wahre dahinter bezogen wissen kann. Auch wenn der schöne goldbehelmte Michael zur Linken der Gottesmutter-Ikone nur den Namen des Engels trägt und nicht sein Wesen verkörpert, soll er doch gerade mit seiner prachtvollen Erscheinung dafür einstehen, dass es ihn in einer anderen Dimension wirklich gibt; nichtsdestotrotz muss das Auge, das sich auf ihn richtet, ihn zugleich auch wieder loslassen. Eine verwirrende Verbindung zwischen einerseits Anziehung, Aufgehen im Ganzen, und andererseits Grenzen, die das Eigentliche immer vorenthalten, bestimmt die Verhaltensregeln in diesem Kirchenraum. – Immerhin, hier braucht man sich nicht allein zu fühlen: Unter Einsatz aller Mittel wird es einem nahezu unmöglich gemacht, an einer bloß subjektiven Wahrnehmung und Vorstellung festzuhalten, niemand soll sich als vereinzelt erfahren, geht es doch darum, alle in die umfassendsten Zusammenhänge des Universums einzubinden und auf die Begegnung mit den höchsten Mächten vorzubereiten. Eine seit Jahrhunderten geübte Bewusstseinshaltung mit strengen Direktiven und festgelegten Sehmustern soll dabei helfen oder, genauer gesagt, sie ist die Voraussetzung dafür. So sieht es die Kirche. Doch was berechtigt zu dieser noch immer aufrechterhaltenen alten Überzeugung, dass die Welt im Innersten diesen Vorschriften entspricht und dass sie sich an die gezogenen Grenzen hält? Übrigens, wer gegen die Regeln verstößt, wird hart bestraft: Ohne Verbindung zum Weltganzen wird er oder sie – so will es die offizielle Lehre – verloren herumtaumeln müssen.

Genau unter der Klosterkirche befinden sich in der Tiefe die Reste eines Tempels der Artemis, der hier im Altertum stand. Der Reiseführer beschränkt sich auf diese kurze Mitteilung, weitere Angaben zu seiner Größe und seiner Anordnung macht er nicht. Der Tempel muss nicht zuletzt aus diesem Grund, nämlich dass jetzt die Klosterkirche genau seine Stelle eingenommen hat, ein bedeutsamer Bau an einem bedeutsamen Ort gewesen sein. Wahrscheinlich war das Bild der Göttin von einer weitläufigen Säulenhalle umgeben, in die ungehindert das Tageslicht fallen konnte und die, so stelle ich mir vor, von nächtlichen Schatten umspielt wurde. Ich wundere mich, wie leicht der Tempel, von dem nichts zu sehen ist, durch meine Einbildungskraft seinen angestammten Platz zurückerlangt. Unwillkürlich muss ich daran denken, was mythologische Quellen über die Göttin berichten: Sie – auch eine Jungfrau – war, wenn der Mond schien, gegenwärtig und hat sich an der erfrischenden Kühle der Luft erfreut. Sie wird dann gelächelt haben. Ihr stilles, abgesondertes Bild im Inneren des Tempels wurde dadurch nicht beeinträchtigt. Ich verlasse den Kirchenraum.

Eigentlich ist es genug gewesen. Vor allem dieses Licht, das selbst noch in gedämpftester Form nach innen dringt, ausschließlich das geistige Auge entzünden will und, eingeschlossen, nirgendwo in den Äther verströmen kann, es wird mir zu viel.

Draußen lasse ich die Kapelle der *Panajia* links liegen, obwohl ich weiß, dass sie mit unvergleichlichen byzantinischen Fresken des 12. Jahrhunderts ausgemalt ist. Ein warmer Schein von Kerzen lässt sie in ihren rötlichen, schwärzlichen und goldfarbenen Tönen aufglühen, sehe ich auf einem Foto meines Reiseführers. Auf der Gottesmutter-Ikone der Ikonostase ist sie, die hoheitsvolle *theotokos* auf weit ausladendem Thron, wahrhaftig – so stark ist die künstlerische Suggestion – vor ein Himmelsuniversum gerückt, das sie als strahlender Goldgrund hinterfängt, als wäre eine geistige Sonne heraufgezogen oder gerade im Untergehen begriffen. Ihr zur Rechten, in gleicher Höhe und gleich groß, thront auf der ihm zugehörigen Ikone in ergreifend vollendeter Schönheit ihr erwachsener Sohn, nicht als Erlöser, sondern als unnahbarer Weltenherrscher. – Ich mache den Reiseführer zu und bleibe noch kurz im Schatten einer Arkade sitzen.

Ganz in der Nähe höre ich, wie eine offenbar ausschließlich amerikanisches Englisch sprechende Familie griechischer Abstammung mit Hilfe eines Dolmetschers ein Gespräch mit einem Mönch anfängt. Es sind Emigranten in der soundsovielten Generation, die sich, so vernehme ich, hier am Ort ihrer Vorfahren einer Weihe unterziehen wollen. Der Mönch nimmt sie mit in eine der Kapellen. Über das erste, ebenfalls von Arkaden durchbrochene Stockwerk und dann über ein paar Treppen durch enge Gänge hindurch kann man auf das Dach des Klosterkomplexes gelangen, ich will dort hinauf. Unter mir im Klosterhof ist gerade eine große Gruppe aufgeregter Touristen eingetroffen, die nur langsam zur Ruhe kommen. Als ich auf das Dach hinaustrete, bieten die blendend weißen Außenwände des inneren Klosterbezirks, auf denen nun die volle Mittagssonne liegt, einen unerwarteten Anblick. Das Kloster, das hier oben aufhört, hat jetzt beinahe den freundlichen Charakter von Chora angenommen und zeigt sich seiner Umgebung gegenüber versöhnlich. Ein graziler Turm mit fünf unterschiedlichen Glocken steht bereit, um über Patmos und die umringenden Nachbarinseln hinweg in die Bläue der Ägäis hineinzuläuten. Völlig frei kann man hier auf unterschiedlichen Ebenen des Dachs herumwandern, ein leichter Wind fährt durch die Zinnen.

Es gibt noch die Schatzkammer, sie soll zum Eindrucksvollsten gehören, was das Kloster vorzuweisen hat. Sie ist ein Museum, das Dokumente, Handschriften, Reliquien, Gewänder und Kopfbedeckungen von Kaisern und Patriarchen und liturgische Geräte und Ikonen von unschätzbarem Wert besitzt. Ganz kurz will ich noch einen Blick dorthinein werfen, nachdem ich ohnehin schon am Schatz aller Schätze, am goldsilbernen Reliquienbehälter des Heiligen Christodoulos und dessen Kapelle, einfach vorbeigegangen bin. In der Schatzkammer begebe ich mich geradewegs zu den Ikonen, die an den Wänden aufgehängt sind. Der Reiseführer hat nicht übertrieben: Stück für Stück sind es Meisterwerke, die meisten wurden von kretischen Künstlern angefertigt. Überall der leuchtende Goldgrund, mal klein-, mal großflächiger, und die Gewänder der göttlichen Gestalten und der Heiligen wie dunkle Flügel, die sich prachtvoll darüber ausbreiten. In einer schattigen Nische steht geharnischt und mit erhobenem Schwert wiederum der Erzengel Michael wie ein unerbittlicher Wächter, seine riesigen Schwingen verwehren jegliches weitere Vordringen rechts oder links von ihm auf der Ikone. »Nein!«, hat er gesagt, deutlich und für immer. Welchen Zugang bewacht er, der endzeitliche Engel der Offenbarung, eigentlich hier? Vielleicht auch den des Paradieses, des glücklichen Anfangs, auch dort kann er schon gestanden haben. Das reine Gold hinter ihm entzieht dem Blick, wie dieser Anfang ausgesehen hat, und verweist stattdessen verheißungsvoll auf eine letzte Herrlichkeit am Ende, auf die man jetzt nur warten darf. Was das verlockende, aber bislang vorenthaltene Gold diesbezüglich beinhaltet, ist ebenfalls unbekannt. Der Engel sagt nichts dazu. Wie er so da steht – groß und in unbeweglicher Abwehrhaltung, die, so heißt es, allem Bösen und Unheilvollen gilt –, muss man sich letztlich von ihm, dem Bild, das nicht verraten will, vor was es sich eigentlich stellt, abwenden. – Auf einer Ikone nicht weit von ihm entfernt liegt im unteren Bereich der Heilige Johannes in todähnlichem Schlaf hingestreckt, das hügelige Gelände der Insel Patmos um ihn herum ist sein Bett. Über ihm ist ihm die göttliche Gestalt erschienen, die, inmitten eines Feuerkreises und umflackert von gleißend hellem Licht, in größter Erregung die letzten Dinge verkündet, welche er zum ewigen Gedächtnis aufschreiben soll. Die Gestalt wird von Scharen von Engeln umringt, die sich selbst voll Ehrfurcht auch nur bis an den Rand des Feuers wagen und inmitten eines Getöses überirdischer Art vor der Gewalt der Gestalt zurückweichen; nur die sieben Leuchter der Apokalypse scheinen still vor sich hin zu brennen. Solche Ikonen sollen keine Bilder mehr sein, sie löschen den eigenen Blick aus und erzwingen die volle Präsenz des Erblickten, das einen geradezu vernichtend ergreift. Man ist niemand mehr, es sei denn, man bediente sich rechtzeitig eines Augenschutzes. – Links neben dieser Ikone hängt, wie zum Ausgleich, noch ein ganz kleines, dunkles Exemplar: In winzigen Mosaiksteinchen wurde hier ein Heiliger aufgebaut, der blass und wie jenseitig daraus hervorschimmert. Man sieht ihn und meint zugleich, ihn nicht gesehen zu haben.

Es reicht jetzt. Mir ist, ohne dass ich es bemerkt habe, kalt geworden. Ich muss hier weg. Aber noch auf der Schwelle beim Ausgang des Museums kann ich nicht glauben, dass es keinen einzigen Engel geben sollte, der seine Flügel nicht nur zur Abwehr gebraucht, sondern sie auch begütigend um einen schlagen könnte. Ein letztes Mal drehe ich mich um.

Erst draußen vor dem Kloster, auf der Straße, erhole ich mich allmählich. Wieder gleichmäßiges Atmen, es tut gut, sich vom Sonnenlicht aufwärmen zu lassen, das Herz scheint sich auszudehnen. Ich warte noch kurz, dann begebe ich mich langsam zur Haltestelle des Linienbusses, der zurück nach Skala fährt.

Eigentlich, denke ich während der Rückfahrt, ist der ohnehin so schmale Inselkörper von Patmos viel zu zart für diese wuchtige Klosterburg da oben. Ob sich wohl all die Schätze, die sie im Laufe der Jahrhunderte angesammelt hat und die sie als heilige Glut in ihrem Inneren hortet, irgendwie auswirken – ich meine, auf geheimnisvolle Art, weil solche stofflichen oder unstofflichen Vorgänge unbekannt sind? Zugegeben, eine kuriose Frage, aber sie zu stellen, schadet ja nicht. Der Insel wurde im wahrsten Sinne des Wortes eine extra Dimension auferlegt, die sie jedoch bisher zu verkraften scheint. Wegziehen, wie man einfach eine Decke wegzieht, lässt sie sich nicht; auch nicht wegdenken, wenn man mit ihr, wie ich heute, einmal in Berührung gekommen ist. Der Reiseführer spricht von harmonischer Verbindung zwischen Spiritualität und Natur, die so charakteristisch für Patmos sei. Vielleicht hat man sich als Mensch konfliktreicher europäischer Signatur so sehr an ihr spannungsvolles Verhältnis zueinander gewöhnt, dass einen dieses einfach selbstverständlich anmutet.

Die Mittagshitze hat zugenommen, ich bin todmüde, als ich unten am Hafen ankomme.

Übrigens, der Reiseführer ist merkwürdig uneindeutig darin, wo sich nun genau die höchste Erhebung der Insel befindet: Einmal gibt er dafür das *Johannes-Kloster* an, ein anderes Mal die Einsiedelei *Profitis Ilias* südwestlich von Chora. Auf dem Foto sehe ich, wie sich dieses äußerst kleine und gänzlich weiße Gebilde – nur drei hellblaue Türen und ein freundliches Stück Ziegeldach grüßen aus dem Inneren des mauerumschlossenen klösterlichen Bereichs heraus – der Sonne entgegenstreckt. Von weitem könnte man an eine weiße Blüte ganz oben auf der Spitze eines steilen Hügels denken, der das sommerliche Licht unendlich gut tut. Wo anders als hier, zugleich verbunden mit einem einzigartigen Blick über das Meer, treffen sich wahrlich Erde und Himmel? Vielleicht, dass sich hier, ganz selbstverständlich, die schönste Nahtstelle zwischen beiden befindet.

Abends wandern wir zum gemeinsamen Essen nach Meli. Die kleine Ortschaft liegt hinter einem Hügel in einer Nachbarbucht. Dort soll es eine Taverne mit besonders schmackhaften Speisen geben. Der Weg dorthin ist nicht lang, aber ausgesprochen schön. Oben auf dem Hügel angekommen, kann man, wenn man zurückblickt, den von stets zahlreicheren Lichtern erhellten Hafen von Skala liegen sehen, vielleicht auch noch ein

Kreuzschiff, das, abfahrtbereit, seine Passagiere bereits wieder an Bord genommen hat; man bildet sich ein, noch ein paar Stimmen vom Kai her zu hören. In die andere Richtung senkt sich der Weg zur Meli-Bucht hinunter, die sich still und früh in Dunkelheit hüllt und mit ihren wenigen Tavernen auf ein paar Gäste wartet. Genau hier oben gibt es eine kleine Kapelle, deren Ikonen man sich – es sind nur neue – jederzeit ansehen kann.

Ich sehe dich noch, wie du in einiger Entfernung hier auf die letzten Nachzügler wartest, zu denen ich immer gehöre. Die Dämmerung, die mit dem späten Abendlicht wetteifert, ist schon heraufgezogen. Wenn du dich überzeugt hast, dass niemand fehlt und alle wohlauf sind, wendest du dich zum Weitergehen und bist schon im nächsten Augenblick nicht mehr am gerade noch beschienenen Hügelkamm zu sehen. Unten in der Taverne essen wir dann zusammen.

Einmal breche ich von dort aus etwas früher als die anderen auf, nur Margret hat sich mir angeschlossen, um gemeinsam mit mir ins Hotel zurückzukehren. Über unserem Weg ist inzwischen der Mond aufgegangen und hebt mit seinem Schein silhouettenhaft ein paar Schafe auf einem angrenzenden Feld hervor. Oben vom Hügel aus kann man über den Lichtern von Skala das von Scheinwerfern angestrahlte *Johannes-Kloster* liegen sehen. Es gleicht einem Schiff, das auf dem Berg vor Anker gegangen ist. Östlich von ihm, in entgegengesetzter Richtung zu seinem nach Westen gewendeten ›Bug‹, steht die Venus am Himmel. Auch Margret kann sich dem Zauber dieses Anblicks nicht entziehen, wenngleich sie kurz lacht, weil es gewöhnungsbedürftig ist, eine solche Schönheit nicht als Klischeevorstellung und überdimensionale Ansichtskarte abzutun. Schade nur, dass sie es so eilig hat und nicht schnell genug ins Hotel zurückgelangen kann, als habe sie nicht gelernt, sich ein solches Erlebnis zu gönnen. Ich sehe sie vor mir im Dunkeln entschwinden und gehe langsam allein weiter. Unten am Hafen, aus dem eine Mondscheinbahn ins offene Meer hinausführt, warte ich noch, ob die anderen vielleicht inzwischen kommen, aber das tun sie nicht.

Wie kannst du meinen, dass ein solch fürsorgliches, liebevolles Verhalten, das du an den Tag gelegt hast, folgenlos bleibt? Der Funke, der von dir ausging, musste, selbst wenn es absichtslos geschah, einfach zünden, zumal hier, wo alles, sowohl tagsüber als auch nachts, immer bereit ist zu glimmen, zu glühen und zu strahlen. Ob es auch etwas damit zu tun hat, dass Patmos aus vulkanischem Gestein hervorgegangen ist? Diese Frage klingt lächerlich, aber vielleicht nur, weil sie bislang niemand gestellt hat.

Kathrin hat auch eine blaue Seite – ein treffenderer Ausdruck fällt mir nicht ein –, vor allem am Morgen während der gemeinsamen Yogastunde, wenn sie, wie wir, auf einem ihrer vorzugsweise blauen Tücher steht, sitzt oder liegt und in ruhigem, gleichmäßigem Ton die Anweisungen gibt, die Körper und Seele zusammenhalten sollen. Festsitzende Affekte werden gelöst und geraten in Bewegung, die Harmonie mit sich selbst wieder herstellen und aufrechterhalten, das ist das Ziel. Spannungen wegfließen lassen, loslassen – insgesamt eine Katharsis, die ein reines Körperbewusstsein will, weder warm noch kalt, sondern, wenn die Energien gekühlt und beruhigt in den Tüchern aufgefangen sind, einfach blau. Ein schönes, volles, mittleres Blau. Der Herzraum wird gedehnt, öffnet sich, und was drinnen war, verströmt irgendwohin, nirgendwohin. Kathrins Stimme bleibt gleichmäßig und freundlich, ansonsten Stille. Die natürliche volle Atembewegung stellt sich ein. Das

Becken ist eine Schale, in der man ruhen kann, und die Wirbelsäule eine starke Stütze. Jeder hat mit jedem Fühlung und hält zugleich Abstand zu jedem, auch ein intensiver Selbstbezug wird vermieden. Eigentlich braucht man niemanden mehr, wozu noch lieben? Die Liebe gilt allen und jedem, das Herz geht im Ganzen auf. Aufbrechende Wunden werden sich schließen.

Ob sie, Kathrin, mich dann überhaupt gesehen hat? Vielleicht ganz kurz, mit blauen, mehr oder weniger gleichgültigen Augen. Oder irre ich mich?

Am liebsten halte ich mich direkt am Wasser auf, dort, wo man sich nicht zu entscheiden braucht, wohin man gehört, zum Wasser oder zum Land. Gleichzeitig das Trockene und das Nasse spüren, der Ausgleich zwischen warm und kühl entsteht von selbst. Beim Laufen verliert sich die Spur, geht in Schwimmbewegungen über und taucht kurz wieder auf, bevor eine kleine Welle sie im Sand zur Hälfte oder ganz auswischt; und doch ist man dort gewesen. Es kommt zu immer neuen, unvorhersehbaren Bewegungsmustern, die nur scheinbar Lücken aufweisen. Sie hervorzurufen, bereitet größtes Vergnügen.

Mehrmals habe ich mich, wenn ich mich nicht für den nächstgelegenen Strand hinter unserem Hotel entschieden hatte, von einem Taxi zu einem weiter entfernten hinfahren lassen, zum Beispiel zu dem des Livadi Jeranos, der in einer windgeschützten, nach Süden weisenden Bucht liegt. Man ist hier beinahe alleine und kann sich in den Schatten einer Reihe von Bäumen zurückziehen, die die Bucht säumen. Das Wasser ist tatsächlich kristallklar, wohl gibt es zahlreiche Steine auf dem Grund. Ganz langsam wate ich, Schritt für Schritt um Gleichgewicht bemüht, knietief in der nassen Uferzone. Wenn ich still stehe, nähern sich wieder die kleinen Fische, die ich schon von der Arki-Bucht her kenne, ein größerer, gescheckter wagt mit seinem Maul eine vorsichtige Berührung meines Fußes, er wird mutig und tut es ein zweites Mal. Er habe mich geküsst, habe ich später Kathrin ein wenig verlegen berichtet. Ja, das habe er sicher, meinte sie lächelnd. So überzeugt davon war ich selbst nicht.

So ambivalent, wie man es ihr nachsagt, ist diese Übergangszone zwischen Land und Wasser nicht. Sie verwischt die Grenzen nicht, sondern das eine schließt einfach an das andere an. Warum immer in Grenzen und Unterschieden denken? Die zugrunde liegende Realität ist ganz offensichtlich um Nähe und Zusammensein bemüht. Wenn ich ins Wasser gleite und schwimme, wird mir das Wasser zur zweiten Haut, die sich weich und lückenlos an die meine schmiegt und mich vorbehaltlos in die weite Umgebung aufnimmt. Auflösen tue ich mich dabei nicht, ganz im Gegenteil, die allseitige Berührung bestätigt ganz natürlich, dass ich da bin, und schwimmend entkomme ich auch meinem Spiegelbild. Der gescheckte Fisch zieht mit mir mit.

Wasser soll übrigens auf subatomarem Niveau die innigste Verbindung mit dem menschlichen Bewusstsein eingehen können. Ein Gedanke oder eine Empfindung genügen, und das Wasser, das sie auffängt und das offenbar ganz auf Resonanz eingestellt ist, verändert sich in seiner Feinstruktur. Auf elementarster Ebene scheint freundliche Entsprechung vorzuherrschen oder, wenn man so will, eine Art Lieben.

☆ ☆

Für heute ist eine Wanderung zum Psili Ammos-Strand, dem schönsten der Insel, angesetzt. Es ist Pfingstmontag. Wir nehmen nach dem Frühstück den Bus in Richtung Grikos, Kathrin bittet den Chauffeur, uns an einer bestimmten Stelle der Straße aussteigen zu lassen. Wir befinden uns hoch oben an einem Hügel, haben das *Johannes-Kloster* und die weiße Chora hinter uns gelassen und blicken nach Süden. Von hier aus führt ein alter Eselspfad in sanften Windungen hinunter zum unten am Wasser gelegenen Ort, den nehmen wir. Langsam geht es abwärts, der Ausblick ist weit und Schritt für Schritt rücken die nahen und fernen Inselrücken im Meer, die der Frühdunst des sonnigen Morgens noch leicht bedeckt hält, in Augenhöhe. Kathrin läuft hinter mir, uns vorauseilend sind die Schnellsten unserer Gruppe schon beinahe unten angelangt. Der ganze Abhang liegt so offen, als würde er der Luft, dem Licht und der See mit großzügiger Gebärde dargeboten. Frei sind wir, beinahe schwerelos in der leichten Gehbewegung, ich drehe mich nach der Läuferin hinter mir um und freue mich meines Lebens an diesem so festlich einsetzenden Tag in dieser prächtigen Natur. Unten an einem Haus endet der Pfad eigentlich viel zu früh. Auf dem schmalen Strandstreifen versammeln wir uns und berechnen kurz unseren Trinkwasservorrat für die Fortsetzung der Wanderung, er reicht aus. Es geht weiter, dicht am Meer entlang und noch immer in Richtung Süden. Der Weg, der zunächst noch asphaltiert ist und dann nur noch aus festgetretenem Lehm und Steinen besteht, erweist sich als außerordentlich schön. Leicht ansteigend führt er an einer Bucht entlang, aus der sich eine markante kleine Halbinsel, Kalikatzou, erhebt, die die äußerste Grenze eines eigentümlichen Salzbeckens direkt hinter dem Ufer bildet. Niedrige Bäume säumen den Kieselstrand, auf dem sich ein paar Leute niedergelassen haben. Ansonsten wirkt in dieser Vormittagssonne beinahe alles wie unberührt, vor allem, wenn der Weg in manchen Abschnitten in eine wilde, abgelegene und vom Wasser umspülte Felsenlandschaft hineinzuführen scheint. An einer Landenge biegen wir kurz nach Westen ab und gelangen wieder auf ein Stück Asphalt. Die Gruppe muss stehen bleiben, weil ich mit meinen wund gelaufenen Füßen wieder einmal nicht weiterkomme und mir Pflaster aufkleben will. Niemand reagiert ungeduldig. Kathrin, die meine roten Sandalen betrachtet, meint, dass ich kleine Füße hätte. Habe ich aber nicht. Die Füße seien noch das Größte an mir, sage ich ihr scherzend. Offenbar lebe ich dann auf großem Fuß, erwidert auch sie scherzend. Wie man es nimmt.

An einer kleinen Taverne, direkt am Meer, legen wir eine kurze Trinkpause ein; die einen bedienen sich im Stehen ihrer Wasserflaschen, die anderen haben sich auf eine niedrige weiße Mauer gesetzt, die an die Front der Taverne grenzt. Hier liegt jetzt alles in tiefem Schatten, ein straffer Nordwind fühlt sich beinahe unangenehm an. Wir ziehen weiter. Auf den Pfad, dem wir nunmehr folgen, fällt wieder voll das Sonnenlicht. Hinter einer Abzäunung mit angelehntem Gatter beginnt eine trockene, steinige Anhöhe, die wir erklimmen. Ganz am Anfang befindet sich noch, geschützt von einer aus Natursteinen errichteten Umfassungsmauer, ein weißes Gehöft mit einem winzigen Acker, einem Gemüsefeld und einer blumenumrankten Vorderseite des Wohnhauses – ein kleines, abgeschlossenes Paradies keineswegs wohlhabender Leute. Auf dem Berg schlängelt sich der Pfad oberhalb des Meeres entlang, zwischen wilden Sträuchern, Kräutern und Gräsern hindurch. Helle Steine und Felspartien heben sich vor der tiefblauen See ab, die immer wieder schaumgekrönte Wellen aufwirft. Niemand begegnet uns in dieser freien Natur, wir wandern allein. Ute und ich sind wieder einmal die Letzten, doch die anderen laufen nicht weit vor uns her, wir halten miteinander Augenkontakt und ab und zu bleibt Kathrin stehen, um die Lücke zwischen uns und den anderen nicht zu groß werden zu lassen.

Wieso Ute und ich uns auf einmal über Homophilie unterhalten, weiß ich nicht mehr, das Gespräch über dieses Thema ist auch nur von kurzer Dauer. Ute scheint sich selten oder nie eigene Gedanken darüber gemacht zu haben, ihre Bemerkungen beschränken sich auf eine Wiederholung von Stereotypen, sie interessiert sich eben nicht dafür. Ein solches Verhalten sei doch gänzlich unnatürlich, fasst sie ihre Ansichten zusammen. Ich gebe zu bedenken, dass in der Begegnung zwischen Gleichen auch manche Chancen liegen: Anstelle typischer männlicher und weiblicher Ergänzungen könne es möglicherweise zur Entdeckung von Entsprechungen und Resonanzen kommen, die sonst eher unbemerkt und unbedacht blieben. Vielleicht, füge ich hinzu, werde man viel tiefer im Eigenen berührt, warum solle man immer nur vom so genannten Gegenteil ›erkannt‹ werden können, wie es so schön heißt? Vorausgesetzt natürlich, dass sich eine Frau bei einer Frau wie eine Frau verhalten könne, und für Männer gelte dasselbe. Ute antwortet nicht. Ich fahre fort und bemerke einschränkend, dass die unmittelbare Nähe des Gleichen, überhaupt diese äußerste Nähe, dieser direkte Anschluss an sich selbst, allerdings auch verwirrend und bedrohlich sein dürfte, einfach schon deshalb, weil unsere Kultur und Gesellschaft eher die Abgrenzung und den Unterschied zum Anderen vorsehen als dieses Hinübergleiten und diese Selbstfindung im Gleichen. Beim Letzteren denke man immer gleich an eine Art Lähmung oder gar Regression in der Entwicklung. Natürlich, sage ich noch und beschließe, meinen Monolog zu beenden, sei das Gleiche nie wirklich ganz gleich, handle es sich doch immer um unterschiedliche Menschen, so dass man vielleicht gezwungen sei, Gleichheit und Verschiedenheit in einem ganz anderen Verhältnis zueinander zu sehen, eben nicht als echten Gegensatz. Das Wort ›Homophilie‹ würde ich deshalb auch lieber nicht gebrauchen wollen. – Ich hätte genauso gut in den Wind reden können, Ute scheint kaum zugehört zu haben, ist stehen geblieben und ganz damit beschäftigt, ihren Hut, der immerzu wegzuwehen droht, auf den Kopf gedrückt zu halten. Schweigend gehen wir weiter, ich hinter Ute her. Ich denke an Margret, die im Hotel zurückgeblieben ist, weil sie sich aus mir unbekannten Gründen die Erkundung unbekannter Wege, vor allem wenn sie steil auf- oder abwärts führen, nicht zutraut. Sie verliere die Orientierung und bekomme wahnsinnige Angst. Wie sehr würde ich es ihr gönnen, sich jetzt und hier an der herrlich freien Natur zu erfreuen und darauf zu vertrauen, dass wir ihr bei schwierigen Kletterpartien schon helfen werden. Wir sind inzwischen an der höchsten Stelle unseres Weges angelangt, einem kleinen Pass. Von hier aus führt ein steiniger, unübersichtlicher Pfad steil durch eine Felsenschlucht hinunter zum Strand von Psili Ammos. Kathrin hilft jedem, der jetzt ihre Hilfe braucht. Liebevoll und geduldig stützt sie die gehunsichere Ute, die vor mir herabsteigt, bei jedem Schritt ab, ich folge und nehme ab und zu ihre hilfreich dargebotene Hand. So erreichen auch wir drei mehr oder weniger unbeholfen unten den Sand; mein Hosenboden hat sich vom Rutschen hell verfärbt.

Bei einer kleinen Taverne empfangen uns schattige Bäume, der Strand, der sich sanft an ein Tal vor der Bucht schmiegt, geht hier kaum merklich ins Meer über. Er ist goldgelb und nahezu steinlos, ein Traumstrand wie aus einer Ferienbroschüre, nur mit dem Unterschied, dass das Foto jetzt seine Glücksversprechungen einlöst. Ein paar Griechen haben in einiger Entfernung ihre Privatboote verankert und bleiben essend und trinkend, vielleicht auch ein bisschen badend – das Wasser ist jetzt im Juni noch frisch – für ein paar Stunden hier. Von regem Betrieb ist hier heute, am Feiertag, auffälligerweise nichts zu spüren. Ute, Kathrin und ich bestellen in der Taverne eine Kleinigkeit zu essen. Zufrieden und entspannt, dass wir die Wanderung bis hierher problemlos hinter uns gebracht haben, plaudern wir, scherzen und genießen wie die Griechen, in Erwartung ein paar schöner, ruhiger Stunden, den Augenblick. Der Rückweg ist per Schiff geplant, das am Nachmittag hier vorbeikommen soll. Noch wissen wir nicht, dass es heute nicht kommt, und bieten uns gegenseitig unsere Snacks zum Kosten an. Erst durch eine zufällig aufgefangene Bemerkung eines anderen Tavernengastes hören wir davon. Eine leichte Unruhe entsteht, die leider nicht mehr abzuwenden ist, denn das Ausbleiben des Schiffs würde bedeuten, dass wir denselben Weg, den wir hierher gekommen sind, auch, und zwar während der heißesten Tageszeit, zurückwandern müssten. Ute meldet wegen ihrer Gehbehinderung Bedenken an, ich verfüge einfach nicht über viel Körperkraft und will mit der wenigen Energie, die ich habe, die Schönheiten dieses idyllischen Ortes und dieses Tages um jeden Preis genießen. Unsere anfänglich so heitere Stimmung droht zu verfliegen, das Verweilen steht jetzt schon unter dem Vorzeichen des baldigen Aufbruchs. Zur Not, schlage ich vor, chartere ich selbst ein Schiff, das wir per Handy hierher beordern könnten. Alle sehen mich überrascht und ungläubig an, aber auch die Höhe der Kosten, die Kathrin schätzungsweise nennt, ist mir egal. Ich würde also doch auf großem Fuß leben, meint sie. Heute ja, der kostbaren, einzigartig schönen Stunden hier und jetzt wegen, an diesem bislang so festlichen Tage, den ich mir einfach nicht verderben lassen möchte. Warum man nicht auch für Tage bezahlen könne, erwidere ich, gewissermaßen als Tribut, den man dankbar den glücklichsten Stunden des Lebens entrichtet. Offenbar sehe ich Kathrin so dringlich an, dass sie sich entfernt und sichtlich bereit ist, etwas zu unternehmen. Ich setze mich in den Schatten eines Baumes und warte ab, wie sich alles weiterentwickeln wird, dabei werde ich seltsam ruhig und gelassen. Unweit von mir höre ich Henriette, Christel und Christiane sorglos miteinander schwatzen, als berühre sie die ganze Aufregung wegen des ausbleibenden Schiffs überhaupt nicht. Sie haben ihre Rucksäcke und Kleidungsstücke an die knorrigen Äste eines großen, alten Olivenbaums gehängt, der sie wie mit schützenden Armen umfängt und sie einzuladen scheint, hier so lange wie möglich zu verweilen. Diese drei Jüngsten unserer Gruppe, die tagtäglich als passionierte Wanderinnen wie um die Wette laufen, haben jetzt nicht die geringste Eile.

Die hohe Mittagsstunde ist herangerückt, die Zeit verstreicht kaum merkbar und gewährt die Illusion, dass alles genau so bleibt: die drei unter dem Baum, ich, die ab und zu Worte ihres Gesprächs auffängt, und das sanfte Geräusch der kleinen Wellen zu meinen besonnten Füßen. Entweder hat sich der Wind gelegt oder er gelangt nur sehr abgeschwächt in diese Bucht. Das immer wieder beschworene Aufgehen im Moment, was ist es anderes als sich in die Umgebung eingebettet erfahren und sich ihr atmosphärisch und seelisch zugehörig fühlen. Die Zeit verliert dabei an Bedeutung, das Bewusstsein braucht sie nicht mehr. Hinter mir im Schatten eines Strauches hat sich, ohne dass ich es bemerkt habe, Brigitte hingelegt; ich glaube nicht, dass sie schläft. Nach und nach scheint ein Zustand träumerischen Wachens um sich zu greifen, in dem diese Situation, so wie sie jetzt ist, voll und ganz die Sinne erfüllt und Geschehnisse, welcher Art auch immer, nur stören würden. Es ist schön und gut so. Ich schließe die Augen und stelle mir unser Schiff vor, wie es nach langen solchen Stunden am späten Nachmittag hierher käme, wir einsteigen würden und, so male ich mir weiter aus, Licht umspielt, in festlich-heiterer Stimmung davonführen.

Ein solches Schiff gibt es schon oder, genauer gesagt, unversehens gleitet mein Schiff in ein anderes über, verliert nach und nach an Kontur und droht schließlich hinter dem anderen ganz zu verschwinden: Es ist ein Bild, das ich kenne und das nun unter meinen Lidern Gestalt annimmt und unaufhaltsam hervordrängt. Und doch ist das Bild ganz anders: Eigentlich ist nur andeutungsweise ein Mast im Hintergrund sichtbar, eine Gruppe festlich gekleideter Menschen, welche uns gar nicht gleichen – die einen noch sitzend, die anderen sich erhebend oder schon im Fortgehen begriffen –, begibt sich einen Abhang hinunter in eine dunstige, ungewisse Landschaft farbiger Wolken, felsiger Umrisse und kaum erahnbaren Wassers. Sie zögern und bewegen sich eigentlich nicht; wenn sie aufbrechen, dann wohl eher zum Schein, ein wirkliches Ziel ist nicht vorgesehen. *Kythera*, jetzt weiß ich es wieder, so heißt die Chimäreninsel, wird nie erreicht werden. Auch die Personen wirken, schon halb in Farbfragmente aufgelöst, eher wie Traumfiguren, die sich mit dem Mast ohne Schiff begnügen müssen. Das Bild – ein Bild nur – füllt die ganze Vorstellung aus, weil es alle Wirklichkeit hinter sich gelassen hat. Es droht, mir mein Schiff, dasjenige, das ich mir für den Nachmittag erhofft habe, zunichtezumachen, ich sehe das meine kaum noch vor mir. Wunderlich stark, geradezu betäubend, spielt seine schwermütige Schönheit durch das Bewusstsein, als fordere eine vertraute, angelernte Sehgewohnheit ihre angestammten Rechte ein; viel Raum für andere, neue Möglichkeiten gestattet sie nicht, zäh behauptet sie ihren Platz mitten in der Stirn. Aber ich will sie nicht, ich wehre mich. Ich will ihr eine, meine fröhliche Version entgegenhalten und fange an, mich mit aller Kraft darauf zu konzentrieren, für uns eine glückliche Wendung hier vor Ort herbeizuführen – unser Schiff soll kommen. Das habe ich mir vorgenommen und genau das stelle ich mir vor. Ich will kein Bild mehr, ich bin völlig wach. Sollte es nicht möglich sein, die engen Grenzen von bloß Vorstellung, bloß Fantasie, zu durchbrechen und auf die Wirklichkeit schaffenden Energien des Denkens zu vertrauen – die Wirklichkeit herbeizudenken? So habe ich es doch gelesen, und dass man es üben müsse, und so strenge ich schwitzend mein Gehirn aufs Äußerste an.

Eine Stimme über mir schreckt mich auf und beendet abrupt mein gerade mit geschlossenen Augen angefangenes Experiment: Es ist Kathrin, die zurückgekommen ist, um mir mitzuteilen, dass heute wirklich kein Schiff zu haben sei. Sie habe alles versucht: vergeblich einen Kapitän angerufen und vergeblich die Hafenpolizei von Skala telefonisch gebeten, ein Schiff zu schicken. Heute, weil es Pfingstmontag sei, sei niemand bereit zu kommen. Stattdessen habe sie eine griechische Familie in der Taverne angesprochen und sich erkundigt, ob sie nicht jemanden von uns in ihrem Privatboot mitnehmen könne. Die Familie habe nur einen Platz frei. Wenn ich mitfahren wolle, müsse ich sogleich vom Strand aufbrechen, da die Familie schon warte.

Ich muss Kathrin entgeistert angestarrt haben. Wie vernichtet packe ich meine Sachen ein und verlasse Hals über Kopf diesen schönen Ort. Als ich im Boot der Griechen aus der Sicht der anderen verschwinde, schäme ich mich: weil ich Kathrin den Aufenthalt verdorben habe, denn sie, die Arme, hat die ganze Zeit über hier für mich ein Schiff auftreiben müssen, und weil ich denen, die ich zu einer Schiffsfahrt einladen wollte, nun wortbrüchig, bequem und allein davonfahre.

An Bord wird mir ein Glas Wein angeboten, der unbekannte Kapitän ermuntert mich freundlich nickend zu einem Schluck und heißt mich willkommen, als ob das Boot, das mich nun aufgenommen hat, doch nicht der gänzlich falsche und unverdiente Platz sei. Der Wein tut mir gut, die schweigenden Leute, die ruhig auf das Meer hinausschauen, und die rasche, zielsichere Fahrtbewegung flößen mir allmählich Vertrauen ein, dass dieser so festlich begonnene Tag doch noch nicht zu Ende sein kann, sondern dass wir nur eine weitere Station ansteuern. Es ist ja auch erst Nachmittag.

Das Boot biegt um eine Felsenecke, von Psili Ammos ist nichts mehr zu sehen. Unerwartet schnell nähern wir uns einem kleinen Hafen in einer der nächsten Buchten, in dem ich aussteigen und, wie man mir versichert, ein Taxi bestellen kann, das mich zurück ins Hotel bringt. Ich verlasse das Boot an einem Steg und gewahre in ein paar Metern Entfernung eine kleine Taverne, die sich, an eine niedrige Mauer grenzend, beinahe direkt am Wasser befindet. Goldgelb und warm wird das Ganze von der Nachmittagssonne durchflutet. Das Meer hat sich auch hier beruhigt, nur noch ab und zu bewegen ein paar Wellen die Oberfläche. Eine ältere einheimische Frau streift ihr Kleid bis unter die Achseln hoch und taucht langsam in Unterwäsche in das Wasser ein, schließlich zieht sie das Kleid über den Kopf aus, legt es auf den Steg und schwimmt in ruhigen Zügen eine Runde. Möglich, dass sie es zu dieser Stunde immer tut. Erstaunt verfolge ich diesen Vorgang, setze mich an einen Tisch und bestelle Tomatensalat und Tee. Neben mir am Nachbartisch sitzen ein älteres griechisches Ehepaar und ein einzelner Mann, der sich im Gegenlicht als markante Silhouette abzeichnet und dessen einzelne Gesichtszüge im scharf umrissenen Dunkel seines Antlitzes nicht mehr voneinander zu unterscheiden sind. Er spricht in einem fort, wahrscheinlich im lokalen Dialekt, aber ich verstehe ohnehin kein Wort, nichtsdestoweniger lausche ich gebannt dem gleichmäßigen Klang seiner sonoren Stimme, die allmählich eine eigentümliche, sich verselbständigende Wirkung entfaltet. Es ist, als rede sie, wie sie vor langer Zeit oder immer schon geredet hat, und bringe nun nach und nach tönend Zusammenhänge hervor, die, nicht mehr oder noch nicht begriffen, an Uraltes gemahnen und zugleich etwas Zukünftiges heraufbeschwören, das jeden Augenblick in die Gegenwart treten kann. Wer sie hört, muss ihr zuhören. Der Mann und sie sind nicht einzuordnen und doch gehören sie offenbar selbstverständlich jetzt hierher. Das Licht ist noch voller geworden, golden, übergießt uns beinahe und scheint zugleich in heiterer Glut strahlend aus Wasser und Land hervorbrechen zu wollen, als ließe es sich durch nichts aufhalten. Die die Bucht einfassenden Felsenarme und wir an diesem winzigen Punkt in dieser großartigen, jetzt tief und warm atmenden Landschaft sind wie zauberisch zusammengesponnen – ein anderes Wort habe ich nicht dafür. Es ist, als seien wir in explosive Kräfte einbezogen, die jedoch sanft, ohne Katastrophe und durch und durch segensreich in immer neuen Schüben hervortreten und sich nach allen Seiten hin ausbreiten. Ich habe den Mann, den Ort und diese Stunden nicht erfunden und schon gar nicht die überwältigende vibrierende Schönheit dieses alles einbindenden Lichts, das souverän die gewöhnliche mit einer anderen Wirklichkeit vertauscht zu haben scheint, vielleicht um hier und jetzt den glänzenden Kern der Dinge hervorzukehren, für diejenigen, die anwesend sind und für sich selbst. Einbildung gewährt kein solches Fest. Ich nehme diese, meine Worte nicht zurück, sie sind nicht übertrieben, sondern eher unzureichend und schon gar nicht Worte bloß um der Worte willen. Man mag dies eine mystische oder auch mythische Erfahrung nennen, was soll's. Welche Namen erfassen schon solche außerordentlichen Zustände, in denen die Welt zweifellos ganz anders ins Bewusstsein dringt oder in denen sich das Bewusstsein ganz anders mit ihr verbindet. – Es ist vollkommen angemessen, sich zusätzlich einen lächelnden Gott oder eine lächelnde Göttin vorzustellen, denen es beliebt, in solchen Augenblicken mit uns hier am Wasser großzügig zu spielen. Die alten Bilder entsprechen voll und ganz dieser beglückenden wundersamen Wirklichkeit.

Eine kleine Staubwolke, man könnte auch von einer kleinen Windhose sprechen, ist vor einem der Tische entstanden und bewegt sich rasch zum Wasser hin, kippt dort um. Wie aus dem Nichts angeweht, kommt eine junge Touristin um die Ecke der Taverne gewandert, irgendwie Typ Künstlerin, die trotz der Wärme hochgeschlossen und seltsam altmodisch gekleidet ist, als stamme sie gar nicht aus der Gegenwart und sei auf diese sonnigen Momente nicht gut vorbereitet. Sie macht schnell ein paar Fotos und setzt sich dann auch an einen Tisch.

Dann geschieht das gänzlich Unfassbare. Auf dem schmalen Pfad, der zwischen dem Wasser und der Taverne entlangführt, nähert sich eine schlanke Gestalt, doch es ist nicht irgendjemand, sondern Christel, unsere schnellste Läuferin, die als Vorhut die anderen ankündigt, welche, in Grüppchen heranziehend, auch schon zu erkennen sind. Ich traue meinen Augen nicht, glaube zu träumen, begreife es nicht: Was tun sie hier? Ihr Rückweg muss derselbe wie unser heutiger Hinweg sein und kann doch nicht hier, an diesem völlig fremden Ort, vorbeiführen. Christel, die mich erreicht hat, sieht mich erstaunt an:

Ob ich denn diesen kleinen Hafen mit seiner Taverne nicht wiedererkenne, wir seien doch am Vormittag hier vorbeigekommen, hätten hier kurz eine Trinkpause eingelegt und dies sei der einzig mögliche Weg von Psili Ammos aus zurück. Nein, ich entsinne mich nicht, nichts ist mir vertraut, alles ist wie verwandelt. Für mich haben heute Morgen und jetzt so gut wie nichts miteinander zu tun. Verwirrt weiß ich nicht, was ich sagen soll. Inzwischen haben sich alle anderen eingefunden und ruhen sich, an die niedrige Mauer gelehnt, aus. Kathrin hat sich zu mir gesetzt. Es beruhigt mich ein wenig, dass auch ihnen, die nun auf das goldglänzende Wasser blicken, der Zauber dieses abgelegenen Ortes offensichtlich nicht entgeht. Alle sind still.

Jetzt, wenngleich scheu, weil gänzlich ungewohnt, ein Dankeswort für diesen festlichen Moment, ja, für diesen so überaus prächtigen Tag aussprechen, wäre wohl das Richtige. Nicht nur, weil mir die passenden Worte fehlen, sage ich nichts, sondern das Erlebnis dieser ganz und gar erfüllten schönen Gegenwart ist einfach auch zu neu. Vielleicht ist Schweigen das einzig Angemessene oder ein ganz anderes Verhalten, das ich als passenden Respons nicht kenne. Ich gehe in die Taverne hinein, auf der Suche nach etwas, was ich den anderen und vor allem Kathrin, der ich es zu verdanken habe, dass ich überhaupt hierher gelangt bin, anbieten könnte. Auf der Anrichte steht, wie bereitgestellt, eine Schüssel voll gelber, reifer Pflaumen, der Wirt wäscht sie mir gern und übergibt sie mir. Voll Freude kann ich sie den anderen draußen überreichen, wenigstens ein kleines Geschenk für den Tag, der mir so viel geschenkt hat, und eine Kleinigkeit auch für Kathrin, die mir jetzt so nahe ist. Die Früchte sind im Nu aufgegessen. Die Gruppe bricht zum letzten Abschnitt des Rückwegs auf und ich sehe sie schnell in der Ferne entschwinden. Erst bei fortgeschrittener Dämmerung bestelle ich ein Taxi und verlasse diesen wundersamen Ort, der gewöhnlich, wie ich höre, Diakofti heißt.

An diesem späten Abend nähert sich mein Taxi Chora von Süden aus, auf den weißen Häusern liegt nun das Mondlicht und das *Johannes-Kloster* wird wie immer nachts angestrahlt. Rechts, nach Osten zu, steht die schöne Venus. Der Taxifahrer fährt noch am Haus seines alten Vaters vorbei, lädt schnell einen Sack Gemüse aus und erzählt mir, dass auf Patmos einzig die medizinische Versorgung zu wünschen übrig lasse, denn es gebe kein Krankenhaus. Ansonsten komme man einigermaßen gut über die Runden. Am nördlichen Rand von Chora tauchen wir auf der Straße, die in steilen Windungen nach Skala hinunterführt, ab. In der Ferne ist nur noch an einzelnen weißen Häusergruppen zu erkennen, wo Ortschaften liegen, der Rest der Insel hat sich in vage Konturen, die kaum noch erahnen lassen, wo Land und wo kein Land ist, aufgelöst. Patmos sei amphibisch, sagt der Taxifahrer, teils schon Wasser, teils noch nicht oder nicht mehr. So genau brauche man das auch nicht zu wissen und, fügt er mit einem vergnügten Blick in den Rückspiegel hinzu, aus der Luft gesehen, habe Patmos die Gestalt eines Seepferdchens. Mit diesen Worten biegen wir in die Einfahrt des Hotels ein, des *Asteri, Sternchens.*

Nachts dann die Hirschkuh, von der mir träumte. – Oder war es, ich weiß es nicht mehr, ein männliches Tier? – Eines, das sich zitternd und mit großen Augen der freundlich hingehaltenen Hand einer Frau näherte, welche es vielleicht streicheln oder füttern wollte. Ich erwachte und starrte in die Schatten einer Ecke meines Zimmers, wo sich nur die dunkle Masse irgendwelcher Sachen von mir abzeichnete. Woher dieser Hirsch oder diese Hirschkuh? Die Frau mit dem üppigen Haar muss Kathrin gewesen sein.

Die bewegliche Bläue in ihr, mit hier und da einer Türkisschichtung. Eigentlich sei Türkis ihre Lieblingsfarbe, sagte sie einmal. Eine klare und zugleich ungewisse Farbe, die ruhig das Sonnenlicht durchlässt, aber die auch kräftig abwehren kann; dies glaubt man zumindest in Tibet. Kathrin hat sich fernöstlich orientiert und für sich eine äußerst feine Form spiritueller Praxis entwickelt, was bei ihrem so robusten Körper erstaunlich anmutet. Doch ohne starke Verbundenheit mit dem Erdreich würde man mit den höheren Regionen und den schwerelosen Energien nicht viel anfangen können, habe ich gehört. Derzeit gibt es viele, die den Grund unter den Füßen verloren oder erst gar nicht auf ihm gestanden haben, Schweber, welche auf der Suche nach einem Halt zwischen oben und unten, luftig und fest, herumirren und die Sache entschieden zu leicht angehen. Kathrin nicht. Sie besitzt ein erstaunlich sicheres Gespür für dasjenige, was man die energetische Verfassung eines Menschen nennt: für das gewöhnlich unsichtbare Strahlungsfeld – die jeweils ganz persönliche Aura –, die jeder immerzu mit sich herumträgt. Kathrin hat in sich die entsprechenden Kräfte gebündelt, um darauf Einfluss zu nehmen, und versteht sich nach langem Training inzwischen als Heilerin physisch-psychischer Störungen, welche sich gerade auch auf diese Energien erstrecken oder aus ihnen hervorgehen. Wer sich ihr anvertraut, kriegt etwas für sein Geld. Zweifellos hat auch sie, wie alle echten Heiler, erst während ihres Lebens lernen müssen, sich selbst zu heilen, ein Prozess, der keineswegs abgeschlossen ist; sie wolle und müsse sich noch weiterentwickeln, sagte sie mir, und kenne ihre jetzigen Grenzen.

Auch mir bietet sie eine Energie-Behandlung an, ein Aura-Lesen, bei dem die Aura in Bewegung gebracht wird und loslassen soll, was sie beschwert, was sich in diesem feinsten Energiegeflecht eingenistet und für Verknotungen gesorgt hat. Mit größter Feinfühligkeit werden diese trüben Stellen, an denen die Aura nicht mehr strahlt und wo sie sich zusammengezogen hat, ertastet und weggezupft, so dass sie sich wieder ausdehnen und wieder lichtvoll sein kann. Die Sache ist ernst. Bloß Neugierige oder Zweifler sollten erst gar nicht kommen, aber auch blind Gläubige erbringen wohl nicht die strenge Aufmerksamkeit, die bei dieser Einflussnahme auch von ihnen gefordert wird.

An meiner rechten Seite reiche meine Aura bis zur Zimmerwand. Das ist das Erste, was Kathrin mir sagt. Eine starke, vielleicht überzogen starke Seite, gemeinhin auch der Sitz männlicher Qualitäten und Ausstrahlung; ich weiß nicht, ob ich darauf stolz sein soll. Die Aura meiner linken Rückenseite, also der Teil, der das Herz hinterfängt, scheint vollkommen in sich zusammengeschrumpft zu sein. Ich bin betroffen oder mehr noch, erschrocken, denn dort habe ich keine solch verborgene Schwachstelle erwartet. Die ihr gegenüberliegende Vorderseite habe sich schichtweise zu einer Kruste verdichtet, vernehme ich als Nächstes. Darüber sprechen wir nicht weiter. Ob ich vielleicht an einem falschen Ort lebe, fragt Kathrin und hat sich jetzt seitlich von mir aufgestellt, als wolle sie mir freie Sicht verschaffen. Meine Antwort kommt so schnell und klar, als stamme sie gar nicht von mir, und doch ist mir das »Ja« aus tiefster Seele gesprochen. Sie, Kathrin, nimmt während der Behandlung immer wieder einen Schluck Wasser und schluckt ihre Anstrengung und ihre Teilhabe an mir herunter. Abfuhr, Reinigung, Schamanenritual, alles geschieht höchst persönlich und zugleich unpersönlich, das Kräftefeld muss neu geordnet werden, was nur in gänzlicher Offenheit und reinstem Anschluss aneinander gelingen kann. Kathrin ist jetzt absolut aufrichtig. Etwas links in meinem Rücken beginnt sich zu lösen und fühlt sich irgendwie leichter und freier an, ich kann besser durchatmen. Dann meint Kathrin, eher beiläufig, jetzt sogar beinahe meinen Schutzengel spüren zu können. Überrascht höre ich, was sie sagt, doch es ist zu spät, grundsätzlich an ihren Worten zu zweifeln, diese sind schon, so selbstverständlich, wie sie sie ausgesprochen hat, in mich hineingeglitten und fangen an zu wirken oder alles zusammen: der kräftige, helle Klang seines Namens, »Engel«, die wohltuende Vorstellung, die ich mir von ihm mache, und Kathrins Stimme dicht an meinem Ohr. Kathrin will mir nichts vormachen, das weiß ich genau. Ruhig redet sie auf mich ein, während sie sich weiter ganz nahe um mich herum bewegt, als hätte sie sich selbst in die Spur des Engels eingependelt und wolle mich an ihn heranführen. Kann Engelvermittlung, Engelübertragung so vor sich gehen: den Engel so lange oder so eindringlich vertreten, bis er, der von Anfang an zu einem gehören soll, wieder merkbar seine Stelle einnimmt? Auch wenn er nur ein schöner, lichter Gedanke wäre, griffe er doch kraftvoll ins Bewusstsein ein und bewirkte, dass die Bereitschaft, jemanden unzertrennlich ans Herz zu nehmen, wächst. Ich müsse nur dafür offen stehen, sagt Kathrin. In dieser Welt sei niemand allein.

Abends beim gemeinsamen Essen sieht sie zum ersten Mal erschöpft aus. Aber sie schlafe immer gut und lege sich mit einem glücklichen Gefühl zur Ruhe, da sie sich von guten Kräften umgeben und begleitet wisse.

Der Mond entwickelte sich während dieser zwei Wochen zum Vollmond. Erst relativ spät, als er schon beträchtlich an Größe gewonnen hatte, zog er die allgemeine Aufmerksamkeit auf sich. Er musste sich auch erst gegen das in der Dämmerung schwindende Tageslicht durchsetzen, das sich abends wie ein prächtiges Himmelszelt über den Hafen spannte, die Szene beherrschte und erst beim Aufflammen der Laternen, Lampen und Scheinwerfer in sich zusammensank. Den Einheimischen war der Mond in seinen ersten Wachstumsphasen mehr oder weniger gleichgültig, sie gingen ruhig ihren Geschäften nach und kehrten ihm einfach den Rücken zu, wenn sie abends in Gespräche vertieft vor den Cafés saßen. Auch die Venus blieb weitgehend unbeachtet, obwohl sie allabendlich als zweithellstes

Gestirn am dunkel werdenden Himmel heraufzog und still vor sich hinstrahlte. Nur Touristen wie ich, die sich noch nicht an diesen schönen Anblick gewöhnt hatten, fingen unwillkürlich an, den Stand der Dinge dort oben zu verfolgen.

☆ ☆

Unsere Gruppe beginnt sich aufzulösen. Die ersten, die schon eine Woche länger hier sind als ich, sind am Morgen abgereist. Ich will heute noch einmal allein zur *Mönchswiese*, diesem kleinen, paradiesisch gelegenen Kloster, das mir von unserer ersten Wanderung her so nachdrücklich in Erinnerung geblieben ist. Das Taxi fährt über Kambos ein Stück weit in unbewohnte Landschaft hinein und der Chauffeur setzt mich auf meine Bitte hin an einer bestimmten Stelle des Weges ab. Er begreift nicht, was ich in der Mittagshitze auf dem einsamen Weg will, der noch gar nicht sein Ziel, das Kloster, erreicht hat. Ich wandere allein weiter, nach einer Weile senkt sich der Weg zum Meer hin und unten in der Bucht liegt die *Mönchswiese*. Am steinigen Strand pausiert heute ein Filmteam, das sich jedoch offenbar nur für den kleinen abgezäunten Hafen interessiert, in dem drei bunte Boote liegen, von denen undeutlich ist, wem sie eigentlich gehören. Ein paar selbst gezimmerte, aus allerlei Materialien zusammengesetzte oder, besser gesagt, offenbar immer wieder zusammengeflickte Baracken vermitteln einen seltsam unordentlichen Eindruck, der so gar nicht zu diesem Ort passt. Wahrscheinlich handelt es sich um provisorische Behausungen von ein paar Fischern, die sich wie die Bauernpächter des Klosterareals nur während der Sommermonate hier niederlassen. Zu sehen ist dort niemand. Ein sandiger Pfad führt zum Kloster, den nehme ich. Auf einem trockenen Feld steht ein angebundenes Maultier, das sich, wer weiß wie lange noch, gequält unter der unbarmherzigen Sonne im Kreise drehen wird. Niemand folgt mir.

In der Vorhalle der Kapelle empfängt mich tiefe Stille und wie immer zu dieser Stunde scheint die Zeit in einen anderen, stets langsameren Rhythmus überzugehen und sich schließlich einem Stillstand zu nähern. Es ist, als ob sie sich, unbekümmert um Vorwärts und Rückwärts, einfach ausdehnen und in eine allgemeine Gleichzeitigkeit aufgehen wolle. Einfaches absolutes Jetzt- und Hiersein, auch das Atmen verzögert sich und ein herangekrochener Käfer rührt sich nicht mehr von der Stelle. Unwillkürlich muss ich an die ›Stunde des Pan‹ denken. Er, der ansonsten umtriebige Geselle, würde sich, stelle ich mir vor, nicht im Schilfrohr, sondern draußen an der Bucht zum Schlafen legen wollen oder vielleicht läge er schon dort. Nicht auf dem Strand, sondern im Schatten der Bäume oder, besser noch, verborgen im Gebüsch, wo ihn das Filmteam nur schwerlich aufstöbern könnte. Mit seinen behuften Füßen, falls diese zufällig hervorschauten, fiele er auch nicht weiter auf, vermutlich hielte man ihn für eine Ziege oder einen Ziegenbock. Und eigensinnig, wie er ist, könnte er dann träumen, was ihm beliebt. – Und ich? Was tue ich hier, suche ich hier eigentlich? Ich weiß es nicht.

Die Bäuerin vom ersten Wandertag erscheint wieder und öffnet mir die Tür zum Inneren der Kapelle, ohne sich zu erkundigen, ob ich es überhaupt will; schweigend zieht sie sich zurück. Wieder als Erstes das Aufschimmern der Leuchter, der vergoldeten Holzverzierungen und der Ikonen im hereinfallenden Licht – nach wie vor bleibt der Empfang wirkungsvoll – und wieder ist es der düstere Täufer, der in unbeweglicher Haltung meinen Blick auf sich zieht, ich trete näher. Seinerseits lässt er nicht die geringste Bereitschaft, mich anzuschauen, erkennen, ja, er kann mich, zufolge einer eigentümlichen und zunächst unauffälligen Drehung seiner Figur, entschieden leichter als die anderen Heiligen, die streng frontal ausgerichtet sind, übersehen. Er soll, wiederhole ich mir, ganz im Sinne der östlichen Orthodoxie über sich selbst hinausweisen und als Vorläufer Christi eine heilsgeschichtliche Idee vermitteln; selbst der stumme, verschlossene Ausdruck seines Gesichts muss als Zeichensprache des Transzendenten verstanden werden. Ich habe meine Zweifel. Die bewusste Vermeidung von Kontakt, dieses »Rühr mich nicht an!«, ist so nachdrücklich, dass gerade diese Gestalt, weil sie so abgebildet ist, aller Betrachter Aufmerksamkeit erwecken muss. Es ist nahezu unmöglich, nicht in ihren eigentümlich schmerzlichen Bann zu geraten. Oder ist es verhaltener trotziger Zorn, der spürbar wird? Die Ausdrucksstärke oder, wenn man so will, das künstlerische Niveau dieser Ikone liegt, scheint mir, darin, dass sich das Bild gerade erst von der lebendigen Person gelöst hat, aber diese Ablösung noch nicht vergessen kann, sondern gegenwärtig hält; der Täufer hat gerade erst aufgehört zu atmen. Ich traue mich nicht, ihn anzuhauchen, dazu ist er, so wie er in das Bild eingegangen ist, auch zu kostbar und zu schön. Lässt er sich anreden, anflehen? Mit welchen Worten und mit welchem Anliegen eigentlich? Mir fällt nichts ein, als habe sich seine Unbeweglichkeit auch auf mich übertragen. Dies ist vielleicht auch die Absicht: Angesichts eines solchen Bildes soll alles eigene Wollen erlöschen, weil dem Bewusstsein die Ziele schon vorgegeben sind und diese nicht ins Hier und Jetzt gehören. Überdies, wiederhole ich mir, ist ja nicht die Ikone selbst das eigentliche spirituelle Wirkungsfeld, in das sich das Bewusstsein selbständig einschalten könnte, sondern sie gewährt lediglich Durchlass zu einer anderen Welt. Vor dieser steht sie zugleich auch als Schranke. Wurde dem Täufer letztlich deshalb sein Kopf abgetrennt? – Was wohl mit den vielen Wünschen und Bitten der Gläubigen geschieht, die sich im Laufe der Zeit hier vor dieser und den anderen Ikonen angesammelt haben, frage ich mich. Ich kann mir nicht vorstellen, dass sich an dieser wie auch immer so energiengeladenen Stelle gar nichts tut.

Ich verlasse die Kapelle und beschließe, noch ein wenig an diesem prachtvollen stillen Ort zu verweilen, der seine Bedeutung weder preisgibt noch gestattet, keine Bedeutung anzunehmen. Langsam wandere ich durch den kühlen, weiß gekalkten Gang, in dem sich heute keine Hunde sehen lassen. Nur die dunkle und die helle Kuh stehen wieder regungslos nebeneinander an die Hauswand geschmiegt, als ich das Ende des Ganges erreiche. Ich mache ein Foto. Am Rande des Klosterareals entdecke ich unter schattigen Bäumen eine Koppel mit abgelegten Maultiersätteln; offensichtlich werden ab und zu ein paar Tiere hierher gebracht. Ein abgesägter Baumstamm lädt zum bequemen Sitzen ein.

Ich hatte mir für heute vorgenommen, ein kleines Abschiedsgeschenk für Kathrin anzufertigen, die übermorgen abreisen wird. Es wird jetzt Zeit, dass ich damit beginne, und dieser Platz erscheint dazu bestens geeignet. In meiner Tasche habe ich allerlei Fotos mitgenommen, die ich einer Broschüre für Patmos-Touristen entnommen habe und aus denen nun eine Collage entstehen soll. Ich sortiere mein Material. Eines der Fotos zeigt einen jener wundervollen, über die Insel gebreiteten Abendhimmel, die in solchen Broschüren niemals fehlen. Der letzte Rest der Sonne ist gerade weggetaucht, damit ließe sich ein Anfang machen. Die leere Stelle der untergegangenen Sonne wäre jetzt für den Mond oder für einen Stern frei, den ich dort hinkleben könnte, ich gebe dem Stern den Vorrang. Mir kaum bewusst, fallen mir unversehens ein paar Verse ein, die sich wie von selbst zu einer kleinen Komposition verbinden, als würden sie ohnehin zusammengehören:

Asteri, kleiner Stern,
unterhalb der Venus,
schöner Stern,

spreche ich halblaut vor mich hin, Worte, die mir mühelos über die Lippen kommen. Die so geschaffene Beziehung zwischen unserem kleinen *Sternen*-Hotel und dem hellen Planeten, den ich allabendlich sehe, gefällt mir, der richtige Ton, eine Folge voller Klänge, scheint getroffen – ein warmer, offener Auftakt für etwas, was noch unbestimmt ist. Die Collage schreitet nur langsam voran. Ich schneide weitere Fotofragmente zurecht, gruppiere sie immer neu, bis sie zusammenpassen, und klebe sie an- und teilweise übereinander. Ohne dass ich es zunächst merke und ohne dass ich es will, halbiert sich das Bild, ein Riss durchzieht die Mitte: Von rechts schiebt sich eine Nacht heran, nächtlich angestrahlte Klostermauern, dunkle heilige Ikonen und ein ernster Männerchor schließen sich zu einer stets dichteren Schicht zusammen. Massive Abwehr, eine undurchdringliche Grenze, ja, aus den Mauern treten geradezu fühlbar Härte und Kälte hervor – wie komme ich dazu, mir so etwas auszudenken? Ich muss aufpassen, dass mir die linke Seite nicht in Bedrängnis gerät: der transparente Abendhimmel mit dem Stern, rote Früchte, die noch das Verglühen der letzten Sonnenstrahlen in sich bergen, und eine umgedrehte orangerote Frauensandale. Betroffen betrachte ich mein halbfertiges Machwerk. Dies will ich nicht, dies, was sich da unverkennbar als scharfer und nur allzu bekannter Gegensatz abzeichnet: hier Spiritualität, dort Sinnlichkeit, diese ewig währende christlich-heidnische Feindschaft. Und mir fällt offenbar nichts anderes ein, als sie abermals zu bestätigen. Vielleicht auch noch den uralten Konflikt zwischen ›männlich‹ und ›weiblich‹ – ja, ich erkenne die abgegriffenen Zeichen. Was zwingt mich zu einer solchen Wiederholung? Hat dieser Ort mich irgendwie angesteckt, hätte ich nicht in die Kapelle gehen sollen? Mein eigenes Bild hält mir den Spiegel vor: So allgemein konditioniert, so unglaublich traditionell bin ich also. Ich starre auf das angefangene Blatt Papier, das mich, von mir selbst abgetrennt, wie entstellt vertritt. Zum Trost bietet es mir seine spannungsvolle Schönheit an. Verwirrt und geärgert packe ich meine Sachen ein und beschließe aufzubrechen, vielleicht kann ich ja besser anderswo, etwa auf dem Kieselstrand von Lambi, weitermachen, in der Hoffnung, dass mir dort etwas anderes gelingt.

Wenig später wandere ich schon über die sonnige Anhöhe, drehe mich noch einmal zur Klosterbucht um, mache ein letztes Foto, wandere weiter und bin erleichtert. Kurz vor Lambi ertönen von den Hügeln Ziegenglocken und ein paar besonders neugierige Tiere der zwischen den Sträuchern verstreuten Herde kommen heruntergeklettert und beobachten, wie ich an ihnen vorbeilaufe. Ich begebe mich hinunter zum Strand und gehe langsam auf die mir vom ersten Wandertag her so vertraute Taverne zu. Heute ist es hier anders, obwohl sich vor Ort wohl kaum etwas verändert haben dürfte. Es ist eben nicht mehr der erste Tag; was damals so glücklich und für alles Mögliche offen begann, wird so nicht wieder von vorne anfangen. Heute ist es heiß und windstill. An einem der äußeren Tische sitzt eine mir fremde blonde Touristin und liest Zeitung. Ich denke an Kathrin, ich vermisse sie. Zerstreut setze ich mich an einen der übrigen Tische und blicke aufs Meer, im Hintergrund erschallen griechische Rhythmen melancholisch und leidenschaftlich aus einem Verstärker. Dann nennt plötzlich eine Stimme meinen Namen, ich drehe mich herum, es ist Kathrin, sie ist hier.

Fassungslos starre ich sie an, glaube im ersten Moment eine Erscheinung vor mir zu haben: »Du?« Kathrin ist ganz dicht an mich herangetreten und fordert mich auf, mich an ihren Tisch zu setzen. »Wenn du möchtest«, sagt sie freundlich, »aber vielleicht möchtest du lieber alleine bleiben.« Nein, das möchte ich nicht. Ob ich sie denn nicht gesehen hätte? Nein, das habe ich nicht. Sie säße zusammen mit einer anderen Reiseleiterin an einem Tisch hinter mir, fährt sie fort, und beide hätten hier die Mittagsstunden mit einem Lunch verbracht. Verwirrt stehe ich auf und begebe mich zu ihnen, zum Glück kommt schnell der Kellner und fragt, was ich trinken möchte, ich nenne irgendetwas und kann so zumindest etwas sagen. Meine Collage, denke ich angespannt, und daran, dass ich unbedingt hier an ihr weiterarbeiten wollte und, so finde ich noch immer, auch weiterarbeiten muss. Sie quält mich, wie sie jetzt ist, halb fertig und irgendwie meinem Zugriff entglitten, ja, geradezu gegen mich gerichtet. Doch dazu gibt es nun keine Gelegenheit. Wenn das geplante Geschenk für Kathrin eine Überraschung bleiben soll, kann ich es nicht einmal erwähnen; es ist, als bestünde es gar nicht und als bräuchte es es auch gar nicht zu geben. Auf einmal kommt mir das angefangene Bildchen, das in meiner verschlossenen Tasche steckt und jetzt in keiner Weise zu verändern ist, unendlich überflüssig vor. Kathrin, die nichts von ihm weiß, ist auch ohne es hier.

Wir plaudern zu dritt über dieses und jenes und zunehmend hilflos höre ich meinem eigenen unsinnigen Gerede zu, das willkürlich von einem zum anderen Thema springt und sich immer wieder in belanglosen Bemerkungen verliert. Mein Tee bleibt unangerührt.

Das Taxi, das Kathrin und die andere Reiseleiterin abholen soll, ist schon bestellt und wird bald eintreffen. Ob sie nicht hier bleiben wolle, frage ich Kathrin unsicher und meine es nur halb. Ja, warum solle sie eigentlich nicht hier bleiben, antwortet sie zögernd. Was ich denn an diesem Nachmittag noch vorhabe? Das weiß ich nun wirklich nicht mehr und murmele irgendetwas. Schließlich entscheidet sie sich doch, wie vereinbart mit ihrer Begleiterin die Rückfahrt anzutreten. Sie habe vor ihrer Abreise übermorgen noch dieses und jenes zu erledigen, was jedoch so, wie sie es sagt, nicht sehr glaubhaft klingt, aber irgendwie stimme ich dem doch zu und ich lasse beide davonfahren. Wir verabreden noch, dass wir uns abends auf der Hotelterrasse treffen werden. »Bis heute Abend dann!«, ruft sie mir zu. Ich beschließe, ein wenig zu baden, zum Weitermachen an meiner Collage fehlt mir die Ruhe und nach einem schnellen Abendessen in der Taverne kehre auch ich mit einem Taxi ins Hotel zurück.

Dass sie dann Wochen später, als wir beide schon längst Patmos verlassen hatten, doch angefangen hat, sagen wir, es nicht so genau mit der Wahrheit zu nehmen – damit habe ich nicht gerechnet. Es war durchaus kein Zufall, wie sie mir schnell am Telefon einreden wollte, dass wir uns in der Taverne von Lambi begegneten. Sie wusste ja von unserem Gespräch am Frühstückstisch, dass ich dort zwischen Mittag und Nachmittag eintreffen würde. Gewiss, der angenehme Ort lud immer dazu ein, dorthin zu gehen, aber so ließ sich unauffällig das eine mit dem anderen verbinden. So war es doch, nicht wahr? – Wolltest du dich einfach aus der Geschichte davonstehlen?

Es hätte auch ganz anders sein können.

Ich hätte Kathrin nachdrücklich aufgefordert, doch hier mit mir am Strand von Lambi zu bleiben. Vielleicht hat sie auch nur auf diese Aufforderung gewartet. Lächelnd hätte ich sie bei der Hand genommen oder sie mich, die sie mir willig überlassen hätte oder ich ihr, und wir hätten uns einen der wenigen schattigen Plätze auf den Kieseln ausgesucht, wahrscheinlich den allerletzten. Mein Badetuch hätte als Sitzplatz für uns beide ausgereicht. Und dann wäre es unausbleiblich, ganz behutsam und vielleicht nur versuchsweise zu einer ersten Berührung gekommen: Haut, die sich beinahe erschrocken erst noch zusammenzieht, beruhigende Wärme, die von einer Wange auf die andere übergeht – und, meine Liebe, da du dies alles mitgemacht hättest, hätte ich dir dein schönes Haar aus dem Gesicht gestrichen und wir hätten uns angelacht. Glaub mir, so wäre es gewesen, auch wenn ich dies alles nur erfinde. Mit Worten allein will ich nicht liebkosen, damals nicht und jetzt noch viel weniger.

Allerdings weiß ich nicht, welche Zärtlichkeiten Kathrin gewohnt ist, vielleicht diese ganz vorsichtigen nicht. Ein kurzer Augenblick des Zögerns, der Unsicherheit, aber dann doch die Lippen, die einander suchen und sich scheu, tastend und verlangend aufeinanderdrücken, Kathrin vielleicht auch aus einer gewissen Neugier heraus, wie ein Frauenmund schmeckt.

Danach wären wir gemeinsam schwimmen gegangen.

Oder: Wir wären zusammen bis zum späten Abend in Lambi geblieben, nachdem wir Hand in Hand zum äußersten Ende des Kieselstrands gewandert wären, uns dort hingesetzt und uns schon bald wie selbstverständlich aneinandergeschmiegt hätten; reden tun wir nicht. Hinter uns liegen die Hügel, die die Bucht umschließen, schon im Schatten, nur ihre Spitzen sind noch, von hinten angeleuchtet, sonnenumrandet und eine niedrige Felswand rechts am Meer, an der man sich tagsüber aufwärmen kann, hält, in tiefes Goldgelb getaucht, das letzte Licht fest. Vom dunkelnden Wasser her weht ein kühlender Wind. Wir hätten dort gesessen, einfach die Zeit vergessen und wären mit aufgenommen gewesen in diesen fantastischen Anblick. Wenn wir uns liebkost hätten, dann als Teil von ihm. Der Mond wäre uns zur Seite aufgegangen.

Schön, nicht wahr? Aber ich will dich gar nicht verführen und als Mittel würde ich einen solchen Abend nie gebrauchen. Vielleicht wärest du auch ein paar Schritte zurückgeblieben, traust dich auf einmal nicht mehr, jetzt, wo es ernst werden könnte, doch warum müsstest du in dieser unendlichen Weite meine Nähe scheuen?

Natürlich muss ich an den Mythos denken, es ist nicht schwer, ihn aufs Neue zu beleben, alles um uns herum scheint nur darauf zu warten. Ich fange an, dir zu erzählen, knüpfe bei

Urlauten an: Hörst du, das leise Klatschen von Wasser gegen Gestein, und wir sind in ein erstes bedingungsloses Licht getaucht, einfach nur sichtbar und voll und ganz anwesend. Bessere Voraussetzungen kann es jetzt für uns beide kaum geben.

Patmos soll sich anfangs auf dem Grund des Meeres befunden haben, wo es nächtlich von der Mondgöttin Selene angestrahlt wurde, die die Insel dort unten in den klaren Fluten liegen sah. – Du lächelst, das gefällt dir, du rückst näher. – Als die Göttin Artemis einmal des Nachts in dieser Gegend weilte, war sie bezaubert von diesem Anblick und sie bat ihren Bruder Apoll, die Insel emporzuheben, was mithilfe des Zeus auch gelang. Artemis betrat freudig die neuen Ufer. – Ja, wie man sich das doch ganz genau vorstellen könne, sagst du, sie auf dem Strand, vielleicht sogar hier, und alles noch vollkommen unberührt. Wie sie wohl ausgesehen haben mag? – Sie liebte diese Insel über alles und eilte immer wieder hierher. Irgendwann errichteten ihr die frühen Bewohner einen Tempel, in dem sie sich ausruhte – weißt du, den unter dem *Johannes-Kloster*. Ihr Aufenthalt setzte bei den Menschen und in der Natur geheimnisvolle heitere Kräfte frei, füge ich in ernstem Ton hinzu. Du schaust mich an und hebst langsam die Hand, als ob du mich zum ersten Mal wirklich anfassen wolltest, weil ich nun von jenen eigentümlichen Schwingungen rede, die für dich nachvollziehbar sind, auch wenn es sich um Vorgänge hier und nicht in Fernost handelt. Ich halte inne, warte kurz. Ursprünglich, fahre ich fort, hat die Insel nicht Patmos, sondern Letois geheißen, nach Leto, der Mutter der Artemis und des Apoll. Dies zitiere ich aus meinem Reiseführer. Und dann lese ich, das Buch zwischen uns aufgeschlagen, weiter vor: Sie, eine große Gattin des Zeus und die angenehmste aller Gottheiten, hatte ihre helle Freude an ihren Kindern und schaute ihrer Tochter zu, wenn diese von Tieren und Nymphen begleitet, über die Hügelrücken hinwegschritt. Ihrem Sohn nahm sie ruhig Pfeil und Bogen weg. Du lachst, das hat sie richtig gemacht, sagst du. Ich bin ein wenig erschrocken und habe einen Satz nicht genannt: dass die Lieblingstiere der Artemis Hirschkühe gewesen seien. Aber das lasse ich mir nicht anmerken. Stattdessen erzähle ich dir, was weiter von der schönen, klugen und sanften Leto berichtet wird: Sie, heißt es, war immer in ein dunkles Gewand gehüllt und konnte in die Nacht zurücktreten, lange noch beschien der Mond ihr Antlitz. Eine ihrer Schwestern war Asteria, die Sterngöttin. – Zum Schluss, das weiß ich, hättest du mich doch noch, nachdenklich, wie ich jetzt bin, geküsst.

Jede Reisebroschüre über Patmos enthält diese Information. Sie erhöht die Anziehungskraft der Insel und Touristen, die keineswegs allesamt nur romantische Schwärmer sind, können sehr wohl etwas damit anfangen. Auch die Einheimischen: Wenn der Vollmond da ist, riesenhaft, fantastisch, goldorange, und seine Lichtbahn breit über das Wasser gelegt hat, dann sitzen sie alle vier Wochen am Strand, um ihn stundenlang zu betrachten, und niemand versäumt es, sich in seinen Bann ziehen zu lassen. Letois-Patmos, diese Insel, die dem Wasser und dem vulkanischen Feuer entstammt, strahlt nachts eine Lebendigkeit und Schönheit aus, die ihrer Tagesseite keineswegs unterlegen ist. Es ist dann, als ob sie ihren weiblichen Charakter entfaltet und überall Verbindungen stiftet und alles durchlässig macht, was undurchlässig schien. Ein kosmischer Atem – einen treffenderen Ausdruck finde ich nicht dafür – geht durch das Ganze und verströmt etwas, das zugleich Klang, Licht und Farbe ist. Totale Einbindung, man wäre blind, taub und fühllos, wenn man dies nicht sähe, hörte und spürte. Vielleicht aber passt das Androgyne am besten zu ihr: eben Artemis, in der dieser nächtliche Inselzauber anfangs Gestalt annahm. Die jagende Göttin wird sich auf ihrem Terrain an keine Grenzen halten, und auch wenn sie umbringt, lässt sie sich doch zugleich von ihren Tieren liebkosen; sie ist ungehinderte Kraft und Hingabe. – Dass tagsüber, wie die Bewohner noch immer sagen, der Sonnengott Helios hauptsächlich damit beschäftigt ist, die Insel trocken zu küssen, ist bemerkenswert.

Postkartenmondlandschaften sind nichts dagegen. Immer dieselben billigen Bilder, eingeübte Sehgewohnheiten, das Bewusstsein ist lahmgelegt oder gehorcht in seinem Respons nur Klischeevorgaben. Der Mond ist zu einem Stück Papier verkommen, das als beliebiges Versatzstück, so oder so arrangiert, unter die Leute gerät. Angucken, umdrehen, der und die lassen grüßen. Mondvermarktung und Mondkonsum, nüchterne Skeptiker und Spötter haben ihren scharfen Blick an dieser immer gleich dünnen Scheibe geschult, die nicht einmal leuchtet.

Wenn der Mond jedoch wirklich da ist, zeigt sich alles in einem anderen Licht. Er ist dann immer einzigartig und so mächtig, dass ihn das Bewusstsein gar nicht draußen halten kann. Die Augen nehmen ihn wie von selbst auf und zugleich scheint er aus dem Inneren hervorzutreten, als sei er eine immer schon vorhandene, angeborene Fähigkeit, gleichsam eine menschliche Mondqualität, die nur auf die Stunde ihrer Entfaltung wartet. In das nächtlich glänzende Meer hineinschauen und sich hineinträumen, erzeugt keine Fantasielandschaft, sondern das Wasser zieht unmittelbar über das Gehirn ein und schafft Augenblicke selbstverständlicher höchster Verbundenheit von Innen und Außen, von Ruhe und Selbstvergessenheit – gleich denen der Liebe. Herzgleichklang, im leisen Wellenschlag kann man denselben Rhythmus hören.

Vielleicht hätte dies bis zum frühen Morgen angedauert, aber du und ich, die immer noch dort saßen, wären wohl schon eher in tiefen Schlaf gesunken. Irgendwann habe ich meinen Arm um dich gelegt, du wirst es gemerkt haben. Ein letzter schwacher Vogelruf – hast du ihn noch gehört?

Auch wenn es gar nicht zu dieser schönen Stille passt, ich muss es noch einmal laut und deutlich sagen: Es gibt keine richtigen oder falschen Vorstellungen, keine, die sich hart an die Wirklichkeit halten, und keine, die immer nur Einbildung hervorbringen. Es gibt nur solche und solche, die jeweils andere Möglichkeiten der Wirklichkeit erschließen. Der Wirklichkeit, sage ich. Die hat keine scharfen Grenzen zwischen Innen und Außen, das Bewusstsein zieht ein und aus, wohin es will, und hält danach Ausschau, wie es sich und mit was es sich verbinden könnte. Nur mit billigen, abgegriffenen, ungefühlten und undurchdachten Vorstellungen kommt man ihr nicht bei. Es gilt, den vollen Ton der Dinge zu treffen, ihre Leuchtkraft zu entfachen und sich darauf einzustimmen, mitzuglühen. Kunst in ganz großem und ganz freiem Stil, unter Einbeziehung der gesamten Person. Dazu bedarf es äußerster Hingabe, Wachheit und Konzentration – kurz, Befähigung zum Glück.

Abends auf der Hotelterrasse warte ich, wie vereinbart, auf Kathrin. Sie kommt, ihr schönes, üppiges Haar ist frisch gewaschen. Wenn sie es zurückgebunden hat, stelle ich überrascht fest, gleicht es vollkommen demjenigen einer Artemis-Skulptur auf einer Abbildung in meinem Reiseführer. Merkwürdig, dass mir dies nicht eher aufgefallen ist. Die Artemis im Buch, die ich nun schon so oft gesehen habe, hat sich einer vor ihr liegenden Hirschkuh zugewandt, welche ihr das Maul hinhält. Nichts weist auf eine Jagd hin, die bevorstehen könnte oder vielleicht gerade zu Ende gegangen ist. Die Göttin wirkt überaus freundlich, es ist unverkennbar eines ihrer Lieblingstiere, das vertrauensvoll zu ihr aufblickt. So, wie sie jetzt beisammen sind, sind beide für immer in Stein bewahrt geblieben. In den Gesichtszügen und der Figur gleichen sich Artemis und Kathrin nicht. – Kathrin will nichts trinken und hat sich überdies leicht den

Magen verdorben, weil sie beim heutigen gemeinsamen Lunch mit der anderen Reiseleiterin ganz gegen ihre Gewohnheit ein paar Stückchen Fleisch gegessen hat.

Wir plauderten über dieses und jenes, worüber genau, daran kann ich mich nicht erinnern, nur, dass wir auch nach ihrer Abreise weiter in Verbindung miteinander bleiben wollten. Es war ihr vorletzter Abend hier. Ich quälte mich zunehmend mit dem Gedanken, wie ich den morgigen Tag planen sollte: zum letzten Mal Kathrin aufsuchen, die mir eine weitere Aura-Behandlung angeboten hatte, oder an dem für morgen angesetzten Malkurs teilnehmen, den Reinhard, der deutsche Maler hier vor Ort, leiten würde; ohnehin würde er Kathrin ab morgen als Reiseleiter ablösen und außerdem wäre dann eine neue Gruppe eingetroffen. Ich musste mich entscheiden, zugleich auch für sie oder für ihn, schien es, für Abschied oder einfach Weitermachen im Programm. Das Letztere wäre vielleicht das Beste, denn ich blieb ja hier und das Gebot der Stunde, überlegte ich mir, bestand darin, neuen Anschluss zu suchen und mich über Kathrins Abreise hinwegzutrösten. Vernünftig bleiben tut am wenigsten weh, dachte ich Närrin an diesem Abend.

Kathrin sitzt mir lächelnd und entspannt, vielleicht auch abwartend gegenüber. Morgen Abend hat sie, auf meine Frage hin, schon etwas vor, ein Treffen mit irgendwelchen Bekannten; an ein gemeinsames Abschiedsabendessen, wie ich es vorschlage, zusammen mit Brigitte, die auch noch länger hier bleibt, ist nicht mehr zu denken. Vielleicht könnten wir ja zu dritt morgen irgendwo zu Mittag essen, »Ja, das ginge«, das Wort Abreise fällt nicht mehr, gepackt hat Kathrin auch noch nicht, sagt sie.

Irgendwie habe sie keine Lust dazu. Wir schweigen. Am morgigen Nachmittag würde ich dann ruhig malen können, stelle ich mir vor und verspüre dabei nicht die geringste Freude. Mich auf ein leeres Blatt Papier konzentrieren, wozu eigentlich? Und Reinhard? Ich kenne ihn ja gar nicht und müsste mich erst an ihn gewöhnen, dazu noch unter all den Fremden. Was plane ich nur, das Ganze kommt mir auf einmal so unsinnig vor, als ob es überhaupt nichts mehr mit mir zu tun hätte, ich will damit aufhören. Entscheide du für mich, wie der morgige Tag verlaufen soll, denke ich müde. Die Worte liegen mir auf der Zunge, aber ausgesprochen habe ich sie nicht. Vielleicht hätte Kathrin auch gelacht und mir halb im Ernst, halb im Scherz deutlich gemacht, dass sie nicht für Andere Entscheidungen treffen könne. Recht hätte sie gehabt, aber wahrscheinlich wäre sie doch über meine Worte erfreut gewesen. Dann hätte ich aufstehen und mich an ihre Schulter lehnen können – niemand wusste, wie erschöpft ich war, weil ich kaum noch schlief. Und danach? – Danach hätte es ganz einfach gehen können, sie hätte mich, entschieden, wie sie sein kann, zu sich in ihr Zimmer im Untergeschoss mitgenommen oder vielleicht wäre sie auch zu mir gekommen. Und in dem immer stiller werdenden Haus, in das auch die letzten Gäste zurückgekehrt wären, hätten wir eine lange, seltsam schöne Nacht verbracht.

So aber liege ich allein und halte mich an meinen eigenen Händen fest, ab und zu halb im Wahn, dass die eine nicht die meine wäre. Lieber Stern, fall mir nicht herunter. Auch kein Traum und kein warmes Tier im Raum, ich bin wach. Durch die Ritzen der Fensterläden dringt die ganze Nacht das künstliche Licht der Gartenbeleuchtung, der Morgen kommt viel zu früh.

Morgens Yoga, wie immer. Oder, wenn das nicht ausreicht, Qigong, Kathrin beherrscht beides. Das Energiezentrum im Unterleib wird aktiviert, die Energien erfassen den ganzen Körper und fließen durch die zahlreichen Ausgänge der Haut ab. Zugleich auch alle Schmerzerreger und das, was krank machen könnte. Verminderung und wenn es geht, Vermeidung von Leiden ist das alles beherrschende Prinzip, eine Lebenstechnik, die immer schon im Vorhinein vorsorglich um Ausgleich bemüht ist und das Immunsystem stärkt. Auch Yin und Yang finden zueinander. Das augenblickliche Leid, wenn es denn eintritt, wird unschädlich gemacht sowie auch der Glücksaugenblick, der in die Gleichmäßigkeit des Glücks eingeht. Wenn ich schon morgens übernächtigt und überspannt weine, liegt es daran, dass ich die Übungen nicht richtig ausführe, aber vielleicht weine ich auch nur, weil ich sie, wenngleich nur halb gelungen, im vorgegebenen Rhythmus ausführe. Und du tröstest mich, wie du jeden trösten würdest. Vital und gesund gelingt es dir, dich jetzt am frühen Morgen in die blaue Farbe deiner Matte, deiner Tücher und deiner Augen zurückzuziehen. Wie unglaublich blau kann doch jemand sein.

Unmittelbar vor ihrer Abreise schenkte ich ihr zum Abschied eine kleine silberne Dose, die ich bei einem Juwelier im Hafen entdeckt hatte. Mein Blick wurde unwiderstehlich von diesem Kleinod angezogen, ich musste es einfach haben. Kathrin trägt nur Silber, Gold wehrt sie geradezu ängstlich ab, als müsse sie sich vor etwas – vielleicht vor seiner Kraft oder auch vor seiner Glut – hüten. Auf dem Deckel der Dose befand sich, in das Silber eingefasst, ein halb gerundeter, sehr heller Bernstein. Unwillkürlich musste man an ein kleines, blasses Herz denken, das kaum merkbar und ganz vorsichtig in dieser kühlen Umgebung schlug.

* *

Am nächsten Tag fahren wir, wie vereinbart, zu unserem Abschiedsmittagessen weg, zu dritt, Brigitte kommt mit. Wir haben uns für die Taverne von Diakofti entschieden, jenen kleinen Ort, der sich vor ein paar Tagen so zauberisch dargeboten hat. Das Taxi windet sich schnell auf der kurvenreichen Straße nach Chora hoch, wir umfahren den Ort, gegen Süden und Westen eröffnen sich in rascher Folge wunderbare Ausblicke, die uns teils bekannt sind, teils als hätten wir sie so noch nie gesehen. Es scheint, als bewege sich das Taxi mit uns durch eine helle mittägliche Traumsequenz, die zugleich die allerselbstverständlichste Wirklichkeit dieser sofort wieder entgleitenden Augenblicke ist.

Wir reden kaum, eine gewisse Verwirrung ist eingetreten, Kathrin, die heute ganz in Rot gekleidet ist, dreht sich auf dem Vordersitz zu uns herum, völlig durcheinander sei sie, ja, morgen, unvorstellbar, reise sie ab. Wir erreichen Diakofti. Das Taxi hält vor einem kleinen, ausgetrockneten Feld an, von dort aus erreicht man die Taverne von hinten, eine Plastikwand schützt zunächst noch vor dem starken Wind, der heute weht, dann stehen wir zwischen den wenigen Tischen am Wasser. Zum Glück findet sich noch ein einigermaßen geschützter Platz. Das Mittagslicht flimmert heiß über dem Meer, ich muss aufpassen, dass mir nicht die entblößten Schultern verbrennen, und wickle mich in meinen orangefarbenen Schal. Kathrin sitzt mir zur Rechten, die stille Brigitte mir gegenüber, vermutlich ohne zu ahnen, welche Rolle sie spielen wird, damit unser Mittagessen so unauffällig verläuft, wie man es von Gästen zu dieser Stunde, in der sich gewöhnlich nichts tut, erwarten kann. Drei Frauen in einer ansonsten leeren Taverne, im Hintergrund nur der Wirt.

Worüber wir im Einzelnen gesprochen haben, weiß ich nicht mehr. Das Gespräch gerät immer wieder ins Stocken, fängt eigentlich gar nicht erst an. Über unsere Lieblingsfarben, fällt mir ein. Kathrin nennt, wie schon früher einmal, die ihre: Türkis. Darin gekleidet gesehen habe ich sie während meines gesamten Aufenthalts höchst selten, aber das sage ich nicht. Auch von Brigitte kommt kein Kommentar. Wir können doch nicht so angespannt vor uns hin schweigen. Ob ich nicht meinen Platz wechseln möchte, die Sonne sei viel zu stark, fragt Brigitte schließlich. Das ist sie auch, sie ist kaum noch auszuhalten. Einmal, zweimal wirft mir Kathrin einen verstohlenen Blick zu, schnell und heftig, den kenne ich nicht an ihr, vielleicht geschah es auch gänzlich unbewusst. Ich weiche aus. Zum Glück – ganz kurz fühle ich mich erleichtert – fällt mir dann jener holzgeschnitzte Löwe ein, den ich einst auf einer Abbildung eines altkretischen Freskos gesehen habe. Den schiebe ich vor, er kommt wie gerufen, wir haben ein Thema, denke ich und lege mich ins Zeug. Der Löwe gehöre zu einem Schiff. Doch anders, als man erwarten sollte, hat man ihn nicht als Galionsfigur am Bug aufgestellt, von wo aus er in tödlicher Sprunghaltung Angst einjagen könnte, sondern er steht am hoch aufragenden Heck. Das fände ich geradezu unglaublich. Vor allem, wenn man sich vergegenwärtige, wie er dort stünde: aufrecht auf den Hinterbeinen, die Vorderpfoten auf die Reling gelegt und leeren Blickes über die See vor sich hin starrend. Auch von hier aus könne er, ganz entgegen seiner Natur und als habe man ihn umgepolt, nicht angreifen, denn er führe ja immerzu weg. Das Schiff, das mit einem Sonnensegel und zahlreichen festlichen Wimpeln ausgestattet ist, wird inmitten anderer ähnlicher Schiffe ruhig weitergerudert und entschwindet irgendwohin. Am äußersten Rand ist das Fresko abgebröckelt.

Kathrin hat nichts dazu gesagt, ist aufgestanden und macht Fotos von Brigitte und mir, von vorne, von der Seite, ich weiß nicht, ob auch eines nur von mir allein. Wie gelähmt schaue ich in Richtung Fotoapparat, auf weitere Gesprächsthemen komme ich nicht mehr und völlig sinnlos schlage ich jetzt vor, hier einfach in der Hitze sitzen zu bleiben, von mir aus stundenlang. Die Zeit verrinnt schnell, in geringer Entfernung wartet schon das Taxi, das uns zum Hotel zurückbringen soll. Vielleicht, wenn Brigitte nicht dabei gewesen wäre und nicht unwissentlich dafür hätte sorgen können, dass alles so blieb, wie es zu sein schien, hätte der Tag eine ganz andere Wendung genommen: Dieses unsinnige, uneingestandene Spiel hätte zu Ende gehen müssen und gänzlich offen gebrannt, hätten die uns zur Verfügung stehenden Stunden heiß und hell vor uns gelegen.

Stattdessen fuhr das Taxi pünktlich mit uns fort und Brigitte und ich nahmen programmgemäß an dem anschließenden nachmittäglichen Malkurs unter Reinhards Regie teil.

Wahnsinn im Strichrhythmus – Reinhard will, dass es eine Lockerungsübung ist – wir sollen erst ganz frei mit dem Zeichenstift Gesichter hervorklopfen, aber bei mir erscheint auf dem Blatt Papier nur ein trüber Ausdruck von irgendwem, den ich nicht kenne. Ein dumpfer Druck treibt mir beinahe das Gehirn auseinander, die Kehle ist wie zugeschnürt. Wasser, das ich versehentlich auf dem Aquarellblock vergieße, Wegtupfen bringt nichts, ich reibe nur die weiße Fläche auf – ach, so sieht die erste meiner Häute aus, die ich ursprünglich malen wollte, denke ich kurz – sie zerreißt. Das Blatt darunter ist auch schon beschädigt und schmutzig geworden. Um mich herum entstehen lauter kleine Kunstwerke, vor allem Brigitte, die konzentriert neben mir arbeitet, bringt erst mit dem Zeichenstift und dann mit dem Pinsel wunderbar leichte, fließende Gebilde hervor. Ich kann meine Hand kaum noch bewegen. Noch ein letzter Versuch: Aus ein paar Strichen entwickelt sich eine groteske Frauenfigur, die sich halb fertig am Blattrand wieder auflöst. Mein Pinsel fällt herunter.

Hätte mich doch jemand mit blutiger Farbe beschmiert, dann hätte ich zumindest Farbe heulen können.

Du, einmal und dann noch einmal still zwischen den Kursteilnehmern wandelnd, als sei doch noch etwas zu sagen oder als müsse noch etwas geschehen, gehst schließlich weg bis spät in die Nacht.

Du hättest mich ja nur in die Arme nehmen wollen, sagtest du dann Wochen später am Telefon. Danach kein Wort mehr zwischen uns. Die verstrichene Zeit hat sich dazwischengeschoben, kurz war es damals, ja, aber nicht so, dass jetzt beinahe nichts mehr davon übrig wäre. Auch du wolltest in jenen unvorhergesehenen Augenblicken, noch vor der Mittagsstunde, in die Arme genommen werden, im weitesten Sinne liebevoll, aber nicht nur. Ganz leise wiederhole ich mir, was ich mir nicht verschweigen kann. Wozu auch? Von Heimlichkeiten ist nicht die Rede. Sich mir mit einem tiefen Atemzug anvertrauen, sich an meine Brust lehnen, aufgefangen, angenommen werden, sich anschmiegen wie ein Kind und zugleich umfangen sein wie eine reife Frau – alles bricht auf einmal hervor, verwirrt und verwirrend wir beide.

Ein Anfang nur und dann wieder das Verkehrte tun. Hilflos einen kurzen Kuss aufdrücken und nicht nur, weil wir keine Zeit hatten; die gänzlich unvertrauten und noch nie erprobten Möglichkeiten blieben, so unverhofft, wie sie sich boten, ungenutzt. Kein anderes, ganz neu versuchtes Küssen, kein Streicheln, das kaum die Haut berührt und das vielleicht unentdeckt gebliebene Regungen hervorlocken könnte, denen die Herzschläge zögernd folgen würden. Erstauntes, glückliches Zusichkommen im Angesicht der anderen – wer kann das schon?

Stattdessen ganz erschrocken, dass sich der eigene Lippenstift auf der Wange der anderen abzeichnen und gleich im Taxi auffallen könnte, erfolgen hastiges Abwischen und der Rückfall in die eigenen Gewohnheiten. Jede kehrt wieder ihr Vorzeichen des vertrauten oder irgendwann einmal ausprobierten Verhaltens hervor, du, ganz in Rot gekleidet, deine plötzlich aufblitzende leidenschaftliche Körperlichkeit und ich eines meiner Ausweichmanöver.

Dieser Nachmittag hätte so nicht verlaufen dürfen, ich lasse ihn noch einmal beginnen, und denk bloß nicht wegen meiner Geschichte, sondern um willen der Wirklichkeit, die so anders hätte sein können. – Jetzt, wo ich mir vorstelle, dass wir endlich beisammen wären, brauchen wir uns um niemanden und nichts mehr draußen zu kümmern, die Sonne ist auch schon weit vorgerückt.

Du in deiner roten Kleidung wärest zunächst ganz und gar Feuer gewesen. Wie schön du bist, wie unverstellt, und ich habe aufgehört zu erschrecken und zurückzuweichen. Wir liegen beieinander. Nein, nicht wie eine Frau und ein Mann, der Anschein, der gewohnte und ewig derselbe Anblick, trügt. Ein Mann, ein einigermaßen zärtlicher, würde nun mit Küssen zwischen ihren Schultern anfangen, zum Auftakt, versteht sich, und was er mit den weichen vollen Brüsten einer Frau tut, weiß jeder, danach würde er flüchtig über die noch beinahe jugendliche Haut ihrer Arme streifen, ihre Hüften liebkosen und so weiter, der Erfolg, auf den es ankommt, wäre von geübter Hand vorbereitet. Ich ginge mit in deinem Atem, ja, mich hineintrinken in dein üppiges Haar, das täte ich sicher auch. Aber zuvor hätte ich erst ganz vorsichtig und zart erkundet, ob du mit deinen Lippen auf den meinen antworten kannst. Du zögerst, du versuchst es, genauso wie ich, denn im Vorhinein lernen kann man es nicht. Wortlos übereinander verfügen geht nicht, wir brauchen den Gleichklang. Es muss warm werden zwischen uns, sonst bliebe die Angst. Ich beruhige dich, streichle dich, dränge mich nicht auf. Das Begehren ist stark und kann warten. Wir hätten angefangen, in unseren Augen noch nicht Gesagtes oder kaum Sagbares zu lesen und vielleicht im Flüsterton dieses und jenes auszusprechen, bis hinter allen unseren Gesichtern endlich das eine, bislang unberührte und unendlich verletzbare hervorgetreten wäre. Küssen, überaus sanft und behutsam, und dann, wenn wir uns sicher fühlen, zwischendurch wieder heftig. Die Herztöne sind freigegeben und kommen auf der bloßen Brust zum Klingen, wir umspielen einander und spielen zusammen. Ein Mann wäre, auch wenn er sich Mühe gibt, schnell fertig gewesen, wir nicht. Wir haben unbegrenzt Zeit zum Liebkosen und zum Wechsel zwischen ruhigem Atmen und Atemlosigkeit; inzwischen ist es im Raum beinahe dunkel geworden. Im spärlichen Licht zeichnen sich dein Haar, das sich um dich ausgebreitet hat, und dein Körper nur noch ungenau auf dem Kissen und der Decke ab und mein Schatten deckt dich zu – aber nicht ganz. Du brauchst keine Angst zu haben, ich weiß ja, dass du immer Abstand halten willst; ich liege jetzt neben dir. Bald werde ich wieder aufstehen, doch bevor ich weggehe, hätte ich noch die Spitzen deiner Finger geküsst, die sich, gewohnt, in feine Seelenenergien zu greifen, nun umfassen lassen und mit den meinen verwoben sind, ohne dass wir einander festhielten. Unsere Hände sind, wie du weißt, beinahe gleich groß. In der Dunkelheit kann ich nicht sehen, ob du schon graue Strähnen hast, die dein schönes Haar durchziehen – es sind die Spuren deines Lebens, deiner angestrengten Abwehr und deiner ständigen Übung, mit dir allein auszukommen, die mich rühren. Lass los, hast du gesagt, wie oft wohl schon. Ja, lass dich nun selber los, meine Liebe. Ich komme dir nicht zu nahe, ein letzter sanfter Kuss, nur ein Hauch, bevor ich gehe, ein allerletztes Streicheln, du spürst es kaum – denn diesen Nachmittag, so wie er jetzt bis spät in den Abend verlaufen wäre, habe ich ja nur erfunden, wenngleich ich mich dicht an die Wirklichkeit halte: So hätten wir durchaus während dieser langen glücklichen Stunden in unserem *Sternen*-Hotel zueinanderfinden können. – Draußen hätten die anderen schon längst mit dem Malen aufgehört.

Stattdessen kehrte ich ihr mit Zeichenstift, Malzeug und Wasser ausgerüstet – ein besseres Alibi hätte ich nicht haben können – nicht den Rücken, sondern einfach die Seite zu. Schweigend ließ ich sie weggehen, als ob ich gar nicht sähe, wie sie still von uns wegwandelnd, ich weiß nicht, ob verwirrt oder verletzt, am Abend verschwand.

Erst Stunden später fiel die Lähmung von mir. Wie aus einer dumpfen Betäubung erwachte ich und verlangte, beherrscht von einem unerwarteten Schmerz, nach dir. Doch du bliebst an diesem Abend, deinem letzten, weg. Vergeblich versuchte ich, zwischendurch Schlaf zu finden, setzte mich immer wieder hinaus auf die Terrasse und wartete auf deine Rückkehr. Hätte ich mich doch entschlossen, hier draußen zu übernachten, der Mond war schön. Irgendwann hättest du doch kommen müssen. Aber dann überredete mich der Barmann, dieser Idiot, endlich ins Bett zu gehen, denn wer wüsste schon, wann du zurückkehrtest; es könnte an einem letzten Abend auch der frühe Morgen des nächsten Tages werden. Und ich Idiotin befolgte seinen Rat.

Wenn wir aneinander denken, sagtest du kurz vor deinem Abschied am Morgen und musst meinen Schmerz gefühlt haben, berühren wir uns. Vertröstung auf energetische Anziehung, die uns irgendwie miteinander verbinden könnte, war es zum Schluss das? Deine Koffer, jetzt endgültig gepackt, stehen schon bei der Rezeption, das Zimmermädchen kann jeden Augenblick kommen und will sauber machen. Und du sprichst von Herzfrequenzen, die aufeinander reagieren würden, wahrscheinlich bläulichen, aber was habe ich jetzt, da du für immer weggehst, davon? Wir schweigen. Du siehst mich ganz ruhig und ich habe – meine Lippen sind aufeinandergepresst – auch kein Blut gespuckt.

Und dann, gegen Mittag, ist sie abgereist. Hat bis zuletzt winkend am Heck des davonfahrenden Schiffs gestanden. Zu Hause wartet ihr Freund, ein mir unbekannter Michael, auf sie, den sie zweimal kurz erwähnt hat.

✯ ✯

Ich will noch einmal zur *Mönchswiese*, sei es aus dem Bedürfnis nach Ruhe und Abgeschiedenheit, sei es, weil ich irgendwann einmal gelernt habe, dass man bei einer Kapelle auf mehr hoffen darf, auf irgendetwas Tröstliches. Sogar an ein kleines Wunder wage ich jetzt vage zu denken.

Ich werde vom selben Taxi wie bei meiner vorigen Fahrt dorthin abgeholt und der Fahrer setzt mich, ohne dass ich meinen Wunsch, eher auszusteigen, zu wiederholen brauche, kurz vor dem Ziel oberhalb der Klosterbucht ab. Auf dem letzten steilen Stück abwärts bemerke ich zum ersten Mal in dieser Saison Touristen, die vor mir herlaufen; einer der Männer in kurzen Hosen schlenkert mit einem Paar Schwimmflossen in der Hand, die Gruppe will offenbar unten auf dem Kieselstrand baden gehen. Ich biege in den Pfad zur Kapelle ein. Es ist wieder Mittagszeit, in der Vorhalle ist wieder alles still, nur die roten Rosen bewegen sich leise im Wind und in dem angrenzenden, etwas tiefer gelegenen kleinen Gärtchen, das ich merkwürdigerweise bislang übersehen habe, gewahre ich heute überdies zwei noch üppig blühende Oleandersträucher.

Ich habe mein ›Sonnenpapier‹ mitgenommen, so habe ich mein Heftchen mit strahlend gelbem Umschlag genannt; irgendwie macht es mir Hoffnung. Vielleicht könnte ich hier schreiben, aber, nehme ich mir vor – und das starke Gelb muss mir dabei helfen –, keineswegs so, dass dies nun doch das Letzte wäre, was noch zu tun übrig bliebe: bloß Worte auf Papier. Worte im Nachhinein, die bestätigen, dass alles nur eine Illusion gewesen ist, und die Erfindung, diese ewig verführerische Trösterin dort, wo nichts da war und nichts da ist, würde wieder einmal ihren traurigen Sieg davontragen. Sie liegt ganz spürbar, nahezu schlangengleich, auf der Lauer, doch ich bin auf der Hut. Ich bewege mich nicht, schreibe noch nicht und warte ab, was sich vor Ort tun wird; das Heftchen liegt mit seinen leeren Seiten aufgeschlagen auf meinem Schoß.

Eine Bäuerin, eine andere als die beiden vorigen Male, betritt die Vorhalle und bedeutet mir mit einer Gebärde, dass sie mir die Kapelle aufschließen will, ich nicke aus Gewohnheit. Sie holt den Schlüssel, die Tür mit den kleinen, geschnitzten Sonnen auf der Schließleiste öffnet sich und die Bäuerin geht wieder. Dieses Mal trete ich nicht ein, obwohl mich der Schimmer aus dem Inneren erreicht, sondern ich bleibe auf der niedrigen Mauer vor der Tür sitzen und mit dem warmen Tageslicht im Rücken wird mir wohl dabei.

Der Hund vom ersten Wandertag ist herbeigekommen, der große, sanfte, der damals auf dem Gang zur Vorhalle lag. Er steht dicht vor mir und sieht mich ruhig abwartend an. Sehr vorsichtig, als sei er nicht daran gewöhnt, lässt er es zu, dass ich ihn streichle, und legt sich dann zu meinen Füßen hin. Ich schreibe, beschreibe ihn. Höchstens eine Handbreit von mir entfernt bemerke ich eine Eidechse. Sie starrt unbeweglich in Richtung meines gelben Heftchens, als verfolge sie gebannt meine Schreibbewegungen. Jetzt findet sich auch der kleine

Hund von damals ein, ein eher neugieriges Kerlchen, mit hellem, hier und da von Schmutz verklebtem Fell; auch er setzt sich zu mir und beobachtet mit schräg gestelltem Kopf, was ich tue. Die Eidechse rührt sich nicht, sei es aus Vorsicht, sei es, weil sie sich sicher fühlt. Zusammen bilden wir eine Gruppe, die, wie mir scheint, unüberwindlich friedlich die offene Kapelle und ihre Schätze bewacht, für die jedoch heute ohnehin nicht die geringste Gefahr droht. Die Bäuerin kommt wieder, lacht kurz, als sie uns so beieinander sieht und fragt mich, ob ich eine Tasse Kaffee möchte; ich bin überrascht und erfreut über ihr Angebot. Wenig später erscheint sie wieder und stellt den Kaffee und zusätzlich noch einen Teller mit Käse und Keksen freundlich lächelnd neben mich. Sie verwöhnt mich, »der Ort meint es wahrlich gut mit mir«, schreibe ich. Die Hunde betteln nicht, sondern sind, nicht von meiner Seite weichend, »heute meine stillen, aufmerksamen und zuverlässigen Begleiter«, die sich, aus welchen Gründen auch immer, hier um mich gelagert haben. Ich beschließe, für die Bäuerin auf Deutsch ein Dankeswort aufzuschreiben, in der Hoffnung, dass bald jemand vorbeikommt, der es ihr ins Griechische übersetzen kann. Als ich aufstehe und weggehe, bleiben die Hunde ruhig in der Vorhalle zurück, so, als sei ihre Aufgabe erfüllt; sie haben sich nach mir umgewandt und schauen mir nach, bis ich außer Sicht bin.

Die Bäuerin muss sich in einem der hinteren Gebäude des Klosters aufhalten, auf dem Weg dorthin liegt im Schatten einer Abdachung ein älterer Mann, vermutlich der Bauer, und hält leise vor sich hin schnarchend seinen Mittagsschlaf. Nicht weit von ihm entfernt treffe ich die Bäuerin an. Sie ist nicht allein, sondern steht zusammen mit einem dem Anschein nach Fremden, der eine kleine Staffelei unter dem Arm geklemmt trägt, in der Türöffnung ihrer Wohnung; der Fremde spricht jedoch offenbar gut griechisch, denn beide unterhalten sich angeregt. Als ich nähertrete, unterbrechen sie ihr Gespräch und lächeln mir zu. Ich überreiche der Bäuerin meinen beschriebenen Zettel und sie gibt ihn dem Mann zum Lesen. Auf Englisch fordert er mich auf, ihm englisch den Inhalt mitzuteilen. Ich übersetze langsam, Wort für Wort, dass dies ein paradiesischer und meiner Ansicht nach den Göttern und Gott wohlgefälliger Ort sei und dass ich dieser netten Frau hier dafür danke, dass sie mir zu essen und zu trinken gegeben habe. Andächtig hört sich die Bäuerin die Übersetzung an. »Jassas«, sagt sie, nickt und dankt ihrerseits. Außerdem, füge ich noch hinzu, freue es mich sehr, dass sich so schnell, wie gerufen, der Übersetzer eingefunden habe.

Ich gehe fort und verlasse in entgegengesetzter Richtung, über die schmale Allee, die *Mönchswiese*. Wie passend doch heute dieser Name ist: das ungemein Freundliche der Natur, eben das ›Wiesenhafte‹, mit etwas ›Mönchischem‹, der Kapelle, darin. Zum letzten Mal sehe ich alles zusammen unten in der Bucht vor dem glitzernden Wasser liegen.

☆ ☆

Von meiner Reisegruppe ist nur Brigitte übrig geblieben, da sie an dem für die Neuankömmlinge bestimmten Malkurs teilnehmen will. Sie hat mir den Arm um die Schultern gelegt, als das Schiff, das Kathrin entführte, immer kleiner wurde. Am Abend dieses Tages hört sie sich dann schweigend an, was ich in Bruchstücken von mir und meiner Geschichte preisgebe.

Ja, sie verstehe dies, sagt sie ruhig. Sie sei einmal in ihrem Leben ein furchtbar hilfloses, wimmerndes Bündel gewesen, das der Schmerz zu zerreißen drohte. Wenn sie heute darauf zurückblicke, könne sie kaum begreifen, dass sie sich jemals so verhalten habe. Sie wirkt in der Tat gefasst, dauerhaft gefestigt, und bisweilen, wenn sie während unserer Ferientage kurz und still lächelte, machte sie auf mich einen geradezu abgeklärten

Eindruck. Doch – jetzt stockt sie ein wenig – da gebe es die immerwährende Sorge um den Bruder. Der helle, träumerische Blick, den ich an ihr kenne, trübt sich auf einmal, sie wird unruhig und schweigt wieder. Das Malen, verstehe ich, hilft ihr offenbar, diese große und alle kleineren Sorgen wenn nicht gänzlich zu vergessen, so doch Abstand zu ihnen zu gewinnen. Nein, sie habe sich nicht vor ihnen auf die Insel Patmos geflüchtet. Der Ort hier biete ihr wohl die Möglichkeit, vor allem, wenn sie ganz entspannt und täglich aufs Neue malen könne, etwas in ihr selbst freizusetzen und zu sich selbst zu finden, was so zu Hause nicht gelänge. Die zahlreichen Skizzen und fertigen Aquarelle, die ich jetzt überall in ihrem Zimmer bemerke, sind von einer wundervoll fließenden und sicher beherrschten Farbigkeit. Ein Vogel, denke ich flüchtig, der hier seine Fittiche ausbreitet. Der Bruder sei krank, immer sei bei seinem instabilen Zustand ein gefährlicher Einbruch zu befürchten. Eigentlich müsse er ständig im Auge behalten werden, bricht es plötzlich aus ihr heraus. So offen und viel wie an diesem Abend hat sie während ihres gesamten Aufenthalts noch nicht gesprochen. Seitdem sie in Griechenland sei, habe sie seltsamerweise nichts mehr von ihrem Bruder vernommen und sie könne ihn auch telefonisch nicht erreichen. Ich weiß nichts Beruhigendes zu sagen und höre ihr nur zu.

Am letzten Sonntag sind wir zusammen zu einem an der Westküste gelegenen Restaurant gegangen, um von dort aus besser den Sonnenuntergang beobachten zu können. An dieser Stelle, so hatten wir vernommen, solle er geradezu spektakulär sein, wenngleich der langgezogene felsige Rücken der Nachbarinsel Ikaria verhindere, dass man die Sonne tatsächlich ins Wasser eintauchen sehe. Auf der Terrasse des Restaurants war kaum Betrieb, vielleicht auch, weil ein starker Wind wehte und die dunkle See sich rau an das hier schwärzliche Vulkangestein heranschob, hochklatschte und mit einem ständig wiederkehrenden dumpfen Geräusch zurückfiel; es war ein eher recht ungemütlicher oder zumindest ungeschützter Platz. Der englisch sprechende Wirt, der, wie sich herausstellte, aus Italien stammte, meinte, dass diese Stelle etwas eigentümlich Elementares ausstrahle und sich etwas Unverdorbenes bewahrt habe; deswegen habe er sich vor ein paar Jahren genau hier niedergelassen. Wir müssten einmal an einem windstillen Tag wiederkommen, dann liege das Meer hier unvergleichlich sanft und glatt vor der Tür und die untergehende Sonne ›trinke‹ das Ganze in sich hinein. Brigitte und ich hatten von unserem Tisch aus freie Sicht auf das Wasser und den Abendhimmel, den die einsetzende Dämmerung langsam in Besitz nahm. Ab und zu machte Brigitte ein Foto, stand auf und trat auf eine Felsscholle hinaus, an deren ausgespülten Rändern die Wellen heran- und wieder wegrollten. Brigitte fühlte sich sichtlich wohl, ja, sie habe diesen Abend unglaublich genossen, hat sie mir einmal später gesagt. Es kam mir vor, als wäre es jetzt das Wasser, das an ihrer statt kraftvolle freie und befreiende Pinselstriche ausführte und Brigitte, so wie sie diese Bewegungen verfolgte, selbstverständlich in diesen Vorgang miteinbezog. In Brigittes schönsten Bildern ergießen sich die hellen Aquarellfarben mit großer und geschulter Leichtigkeit über das Blatt, verdichten sich, einander in immer neuen Schichten überlagernd, zu ruhigen Bahnen oder bleiben transparente Flächen, die klar und sicher aus dem Ganzen hervortreten. Ein paar kräftige Tupfer und Striche halten die charakteristischen Details der jeweiligen Umgebung fest und markieren zugleich die Knotenpunkte in der neu eingegangenen Verbindung von Welt und Wahrnehmung. Es entstehen selbständige, ausgeglichene Gebilde, die jedoch ihren Bezug auf ›draußen‹ durchlässig halten. Man könnte auch sagen, dass sich Brigittes Aquarelle wie in sanften musikalischen Rhythmen entfalten und die gesehene Realität warm, ruhig und großzügig neu ordnen, allerdings so, dass der Ort, die Insel, immer irgendwie gegenwärtig bleibt. Ohne diesen Ort wären es nur Farben und Striche. Hier auf Patmos habe sie, abgesehen von der Sorge um ihren Bruder, überaus glückliche Tage verlebt, sagte Brigitte an diesem Abend.

Am Horizont waren Dunstschwaden heraufgezogen und hatten sich eine über die andere vor das tiefe Orange des Abendhimmels gelegt. Überraschend schnell färbten sie sich dunkler und Ikaria wurde zusehends von ihnen eingehüllt. Ein großer Vogel kreiste unter dem inzwischen in nächtliches Blau getauchten östlichen Firmament, als bewege er sich zur Musik aus dem Restaurant und als werde er überdies vom starken anhaltenden Wellenrauschen begleitet. Da zeigte sich gegen Westen – oder unser Blick fiel erst dann auf sie – die Venus und direkt unter ihr hatte sich ein kleiner Stern zu ihr gesellt, ein *asteri*. Niemals zuvor hatte ich diese Sternenkonstellation gesehen, auch Brigitte nicht. Der große Planet und der kleine Stern waren wie in einen fantastischen und noch immer durchlichteten endlosen Himmel hineingestellt und erstrahlten dort in einer geradezu außerirdisch anmutenden Klarheit und Ruhe. Dies alles hat sich tatsächlich am 26. Juni dieses Jahres ereignet. Fassungslos starrte ich in den Abend hinaus:

> Asteri, kleiner Stern,
> unterhalb der Venus,
> schöner Stern.

Mir fielen meine Verse, meine von mir vor ein paar Tagen ersonnenen Worte, als ich mit der Collage für Kathrin beschäftigt war, ein und genau diese konnte ich nun hier an den Himmel geschrieben lesen. Sie schienen in die Wirklichkeit getreten zu sein, als hätte eine höhere Sphäre sie aufgegriffen oder als wäre diese durch meine Worte in Bewegung geraten. Wie aber? Oder hatte meine Fantasie dasjenige nur vorweggenommen, was, wie auch immer im Großen vorbereitet, ohnehin geschehen würde? War dies gar ein tröstliches Zeichen, das, wenngleich geheimnisvoller Natur, unmissverständlich seine Botschaft aussandte? Auf höchster Ebene schien in dieser Zweisamkeit der Sterne doch alles seiner glücklichen Bestimmung entgegenzugehen oder an ihr festzuhalten, unberührt und unbeeinträchtigt vom Lauf der Dinge im kleinen privaten Leben, dem meinigen, das eine so andere Wendung genommen hatte – jedenfalls auf den ersten Blick. So dachte ich und kurz durchfuhr es mich, dass ich vielleicht nur dachte: Vielleicht war es ja nur der uralte und wieder erstarkte Gedanke einer grundsätzlichen Verbundenheit zwischen Mensch und Welt, zwischen Einzelgeschehen und Geschehen im Ganzen, zwischen Innen und Außen, der sich mir angesichts dieses Himmelsphänomens machtvoll aufdrängte und mir etwas für mich Sinnvolles einfach vorgaukelte, mir bloß ein Wunschgebilde vor Augen zauberte. Doch diese höchst einfache Erklärung – sie kam mir jetzt unendlich lächerlich und nichts sagend vor – passte nicht zu dieser unerhörten Entsprechung und zu diesem wundersamen Zusammenspiel, das uns gänzlich in seinen Bann gezogen hatte. Auch Brigitte schaute unverwandt zu dieser Sternenkonstellation hinauf, die sich uns in ihrer überwältigenden Schönheit, so als liege ein Herzstück der Wirklichkeit vor uns bloß, darbot. Sie war auch ein Zeichen für sie. Brigitte las in ihr, was sie auf sich beziehen konnte, und verknüpfte sie mit einem bestimmten Ereignis in ihrem Leben. Vor einem Jahr noch habe, genauso wie ich heute, eine Freundin neben ihr gesessen und sei inzwischen verstorben. Bei ihrer Beerdigung habe jemand ganz zuversichtlich gemeint, dass sie sicherlich unter die Sterne versetzt werde. Brigitte dachte sich nun diesen Sternenort ihrer toten Freundin in dem kleinen *asteri*. Nein, angesichts einer solchen Himmelserscheinung glaube sie nicht an einen Zufall. Dies erfuhr ich erst am nächsten Tag von ihr. In jenen Augenblicken vor Ort haben wir kein Wort miteinander gesprochen.

☆ ☆

Ich bin nicht mehr in die Heilige Höhle des Johannes gegangen, konnte diesen unterirdischen Raum, der überdies noch von dem eigens erbauten *Kloster der Apokalypse* umschlossen wird, nicht ertragen. Merkwürdig, dass den Besuchern kaum bewusst zu sein scheint, dass diese Höhle ein Ort des geballten Schreckens ist: Hier muss der Heilige in größter Erregung durch einen dreifachen Riss im Felsen die furchtbare Stimme gehört haben, die ihm die Visionen des Unheils, wie die Bibel berichtet, entgegenposaunte. Endzeitliche Reiter, soll sie geschrieen haben, zögen mit Hunger, Pest und Schwert heran, dröhnend kündeten die Engel Feuer und Hagel an, vom Himmel und aus dem Meer würden Ungeheuer steigen und die Sterne – die schönen Sterne – stürzten dann auf die Erde herab. Die alte, von Sünden überladene Welt werde untergehen, zugunsten einer anderen, jenseitigen, guten. Der Heilige Johannes muss im Dunkel seiner Höhle starren Auges gänzlich von diesem Anblick universalen Unglücks erfasst gewesen sein. Ich begreife nicht, dass er sich vor der unendlich weiten, schönen Welt draußen so hat verschließen können. Wie konnte sich ihm nur der prächtige Himmel mit diesen Erscheinungen des Entsetzlichen füllen?

Übrigens lese ich in meinem Reiseführer, dass jener Johannes nicht Johannes der Evangelist, der Lieblingsjünger Christi, gewesen sein kann; die Lebensdaten jenes Johannes, der als Flüchtling auf Patmos weilte und von dem die Offenbarung stammt, stimmen nicht mit denen des anderen überein.

Ich bin noch zweimal kurz nach Chora hoch gefahren und dort oben inmitten des weißen Lichts der zahlreichen auf- und abwärts führenden Gassen spazierengegangen. An einer Stelle, an der mehrere Gassen aus unterschiedlichen Richtungen enden, gelangt man auf einen kleinen freien Platz, von dem aus man über den Rand des Ortes hinweg einen unbegrenzten Ausblick hat: auf die See und wie sie jetzt, zur hohen Mittagsstunde, nahezu nahtlos in den Himmel übergeht. Mit der Intensität seiner vollkommen ungetrübten Schönheit tut dieser Anblick geradezu weh. Im Hintergrund steht ein großer, Schatten spendender Baum, unter dem man sitzen und in aller Ruhe verweilen kann. Offenbar findet nur selten jemand hierher, es kam niemand mehr. Am späten Nachmittag schlug das Wetter plötzlich um. Eine merkwürdig bleiern wirkende Wolkenschicht war am Horizont heraufgezogen, die alles rasch in ein ungewisses Zwielicht tauchte; dann setzte der Sturm ein und die wenigen Bäume in Chora bogen sich gegen die Häuserwände. Tags darauf, wiederum gegen Mittag, als ich in einer der Gassen an einem Haus vorbeilief, ertönte von innen – ich weiß nicht, ob durch das hochgelegene angelehnte Fenster oder durch die geschlossene Tür – ein inbrünstiger geistlicher Gesang. Vielleicht stammte er aus einem Kassettenrekorder oder es war eine geschulte Stimme, die ergreifend schön die Wände durchdrang und draußen auf der Gasse in der heißen Mittagsluft ausschwang. Zwei Touristen, die vor mir hergingen, waren auch lauschend stehen geblieben, dann setzten sie ihren Spaziergang fort und verschwanden lautlos um die nächste Ecke. Auf der Gasse blieb es hell und leer.

Dann reise auch ich ab. Vom offenen Deck am Heck des Schiffs aus sieht man den Hafen schnell kleiner werden. Bis zuletzt steht dort die liebe Brigitte und winkt am Kai, aber bald kann ich sie nicht mehr erkennen. Die Insel selbst bleibt noch auffällig lange in Sicht: Erst jetzt kann man die südwestlichen Hügelketten in ihrer Aufeinanderfolge überblicken und in einen Zusammenhang bringen, der sich dem Auge vor Ort verbirgt. Die überwiegend karge, wenig anziehende Landschaft nimmt sich, je größer die Entfernung zu ihr wird, immer anmutiger aus. Erstaunlich, wie lange sich die Insel, gleichsam mit zarten, ausgestreckten Armen, vom Besucher zu verabschieden scheint, ihn endlich frei gibt und ziehen lässt oder heißt sie ihn, immer empfangsbereit, zugleich auch willkommen? Vielleicht sollte man sich hier weder auf Verweilen noch auf Weggehen einstellen und nicht so genau auf den Unterschied zwischen beidem achten. Das Letzte, was sich dem Blick des Scheidenden entzieht und das Erste, auf das sich der Blick des Ankömmlings richtet, ist das *Johannes-Kloster* ganz oben auf der Chora. Selbst wenn es aus größter Entfernung winzig zusammengeschrumpft ist, bleibt es der markante Punkt, der irgendwie trotzig vor den Himmel gerückt zu sein scheint. Ob von ihm angenommen, ist ungewiss, denn wo genau in dieser unendlichen Bläue sollte der Himmel denn sein.

Dr. phil. Ulrike Weinhold studierte Germanistik, Philosophie und Kunstgeschichte. Sie arbeitet als Dozentin an der *Radboud Universiteit* Nijmegen/Nimwegen (Niederlande). Ihre Beschäftigung mit interkulturellen Themen hat dazu geführt, dass sie regelmäßig als Gastkurator unterschiedlicher Ausstellungen im *Afrika Museum*, Berg en Dal (Niederlande), tätig ist. Außer wissenschaftlichen Publikationen veröffentlichte sie auch essayistische und literarische Texte, hauptsächlich in niederländischer Sprache.

Meijhorst 60-10
NL – 6537 KT Nijmegen
Tel: 0031.24.3723636
Fax: 0031.24.3723630
E-mail: patmosischetage@fnl.nl
Internet: www.fnl.nl/patmosische-tage

Umschlag und Satz: Leo de Bruin, Ooij (Niederlande)
Druck: B.O.S.S Druck und Medien GmbH, Goch

1. Auflage 2007
ISBN 978-90-9021711-6